킹

킹

거리의 이야기

존 버거 소설 | 김현우 옮김

열화당

저기 지평선,
강 건너 먼 곳에서 개들이 짖는다

―페데리코 가르시아 로르카의 시
「부정한 아내(La casada infiel)」중에서

1

오전 여섯시

해 보고 싶어 미칠 지경이다. 자면서 그 말을 들었다. 그 말을 듣고서, 목 깊은 곳, 식도와 코가 만나는 그쯤에서 비둘기처럼 구구 소리가 났다. 겁을 먹으면 바짝 마르는 바로 그 자리. 우리가 사는 곳으로 여러분을 안내해 보고 싶어 미칠 지경이다.

M.1000은 도시 북쪽으로 뻗은 도로다. 밤낮으로 차들이 다닌다. 차들은 사고가 나거나, 파업으로 바리케이드가 세워졌을 때를 빼놓고는 멈추지 않고 달린다. 도시의 중심부에서 십이 킬로미터, 바다에서는 사 킬로미터 떨어진 곳에, 불가피한 경우가 아니면 사람들이 멈추지 않는 구역이 있다. 위험해서가 아니라 잊혔기 때문이다. 잠시 멈췄던 이들도 이내 그곳을 잊어버린다. 텅 비었지만,

넓다. 한 바퀴 돌려면 삼십 분쯤 걸린다, 빠른 걸음으로 걸으면. 경기장을 짓는다는 이야기가 있다. 그 어떤 것보다 큰, 십만 명이나 수용할 수 있는 경기장을. 다음 세기에 거기서 올림픽이 열릴 수도 있다고 했다. 도시의 주공항이 동쪽에 있기 때문에 주경기장도 동쪽에 짓는 게 더 설득력이 있다고 주장하는 사람들도 있다. 투기꾼들은 양쪽 모두에 가능성을 두고 있다고, 비코가 말한다. 우리가 있는 쪽이 생 발레리. 지금 가고 있는 곳이다.

M.1000의 교통량은 살인적이다. 나는 갓길로만 다닌다. 엘프 주유소까지만 가면 된다. 옥탄 냄새가 나는 곳, 다이아몬드 냄새와도 약간 비슷하다. 여러분은 다이아몬드 냄새를 맡아 보신 적이 없겠지만.

한 달 전, 한 무리의 아이들이 중앙역 뒤에서 노숙을 하던 노인에게 기름을 붓고 성냥을 그어 던진 일이 있었다. 노인은 온몸에 불이 붙은 채 잠에서 깼다.

이단자의 죽음.

그건 도대체 무슨 뜻이었을까. 그 불쌍한 인간은 교파(教派)도 구분하지 못했는데.

어쩌면, 돈이 없다는 게 이단이었던 걸까.

주유소에 이르면 경사를 내려가, 언젠가 올림픽 주경기장이 될지도 모르는 황무지로 간다. 그 황무지에 뭐가 있는지는 말하기 어렵다. 모두 으깨진 상태로 버려진 것이고, 대부분의 조각들은 제대로 된 이름도 없기 때문이다.

겨울이 지나고 봄이다. 몸을 잘 감싸지 않으면 밤에는 아직도 떨릴 만큼 춥지만, 이젠 얼어 죽을 정도는 아니다. 좋은 일이다, 그렇지 않은가? 살아남아 또 다른 봄을 맞이한다는 것은. 만물에 새잎이 돋아난다. 비카의 무는 잘 자라고 있다. 씨를 뿌린 후 덮어준 비닐도 도움이 되었지만, 이렇게 유난히 잘 자라는 건 훔쳐 온 흙 덕분이었다. 비카의 이름이 비카가 된 것은 비코와 함께 살기 때문이다.

이곳은 쓰레기 하치장이었다. 망가진 트럭 부품. 낡은 보일러. 해체된 세탁기. 회전식 잔디깎이. 더 이상 냉기가 나오지 않는 냉장고. 찌그러진 싱크대. 여기저기 관목(灌木) 더미와 작은 나무들. 복수초(福壽草)나 바이퍼스 그래스(viper's grass) 같은 야생화도 보인다.

여기가 내 산이다. 삼십 년 전 낡은 건물을 허물 때, 그들은 커다란 쇠공을 쇠줄에 매달아 건물을 때렸고, 건물은 부서지지 않고 그대로 쓰러졌다. 그래서 쓰레기산은 오르기가 쉽다.

산 위에서 나는 규칙적으로 짖는다. 그 다음엔 다른 소리들이 더욱 분명하게 들린다. 아르데아티나가(街)를 향해 소리치는 아이들의 외침, 까마귀가 있다고 동료들에게 경고하는 참새 울음소리, 북쪽 선로의 기차 소리, 희미하게 들리는 배들의 경적 소리. 그리고 그 모든 것 뒤에 있는, M.1000에서 들리는 울부짖음.

개들은 모두 숲을 꿈꾼다. 거기 가 보았든, 가 보지 않았든 상관없이. 심지어 이집트의 개들도 숲을 꿈꾼다.

내가 태어난 거리에선 톱밥 냄새가 났다. 통나무가 제재소로 들어왔다. 이미 껍질을 벗긴 번들번들한 상태로, 바퀴가 열 개나 달린 트럭에 실려 왔다.

사람들이 바지선에 자갈을 싣던 강둑이 나의 첫 학교였다. 커다란 강은, 여느 강들이 그렇듯이, 흘러가는 무관심 그 자체였다. 하룻밤에 아이 세 명을 삼키는 것을 본 적도 있다.

숲에서는 근심이 없었다. 다른 짐승의 발자국을 따라 어디든 가 보고, 교회만큼 높은 소나무 사이를 달리고, 그림자를 건너 뛰어다니다가 숨이 차면 숲 가장자리를 빈둥거렸다. 아가씨들이 주변을 살피며 남자들을 기다리는 숲 가장자리의 잔디 위에, 나는 누웠다.

해가 지면 숲은 검은색으로 가득 찼다. 그저 하나의 색깔로서의 검은색이 아니라, 수수께끼 같은, 보는 이를 불러들이는 검은색. 검은 코트의, 검은 머리의, 여러분이 모르고 있던 어떤 촉감 같은 검은색.

비카와 함께 있지는 않지만 그녀의 목소리가 들린다. 이런 일이 종종 있다.

킹, 조용히 해. 비카가 낮게 내뱉는다. 무슨 말인지도 모르고 지껄이기는!

나는 섹스에 대해 이야기하고 있다.

원래 거리에선 강간이 일어나는 거야. 그것뿐이야. 비카가 말한다.

비카와 비코는 침대 발치에 코트를 하나 걸어 둔다. 밤에 둘 중 한 명이 밖에 나갈 일이 생기면, 그 코트를 걸친다. 비카에게는 커 보이는 데 반해, 비코가 입으면 사람이 아니라 코트가 똥을 싸러 나가는 것처럼 보인다. 코트는 그를 완전히 가려 버린다. 끝단이 양피로 된, 더러워진 흰색 코트. 소금을 뿌린 눈처럼 지저분한 흰색.

비코에 따르면, 그 코트는 한때 스웨덴군의 보급품이었다고 한다. 기온이 영하 사십 도까지 내려가도 그 코트만 입으면 따뜻하다고. 자기가 다니던 공장에서 생산하려던 물건이기 때문에 잘 안다고 했다.

확신할 순 없다. 여기 사람들은 과거에 대해 이야기할 때면 과장을 하는 경향이 있다. 왜냐하면, 가끔은 과장 역시 조금 더 따뜻해지는 데 도움이 되니까.

쓰레기산에서 생 발레리 전체를 둘러본다. 사람들이 자신이 입고 있는 옷을 속속들이 아는 것처럼, 나도 그렇게 이 구역을 안다. 생 발레리는 양피 코트처럼 땅 위에 펼쳐져 있다. 우리는 생 발레리라는 코트 안에 산다. 겨울이면 그 코트가 저체온증으로 죽지 않게 막아 주고, 뜨거운 여름엔 옷을 벗고 씻는 동안 가려 준다.

비코는 오른쪽 소맷부리에 산다. 소매 단추가 있는 자리쯤에 딱총나무 한 그루가 자란다. 잭은 옷깃 안에 산다. 잭은 생 발레리 주민 중 유일하게 합판으로 된 마룻장과 배수로를 갖추고 있다. 맨처음 이곳에 들어온 그는 결코 몸이 젖을 일이 없다. 그의 동의 없이는 누구도 이곳에 정착할 수 없을뿐더러, 모두들 그에게 자릿세를 낸다. 비카는 일주일에 한두 번 잭에게 요리를 해 주는데, 그게 우리 자릿세다. 일요일에 탱크로리 청소 일을 하는 마르첼로는 필요할 때마다 잭의 기름통을 채워 준다. 잭의 집에는 합판뿐 아니라 윗가지를 엮어 올린 지붕과 진짜로 잠글 수 있는 출입문까지 갖춰져 있다. 그의 집에 들어갈 수 있는 가장 쉬운 방법은 창문을 열고 들어가는 것이다. 우리들 것과 달리, 그 창문은 열고 닫을 수 있다.

가난한 사람들도 부자와 마찬가지로 서로에게서 물건을 훔친다. 가난한 사람들은 보통 계산 없이 그렇게 한다. 그들의 도둑질은 계획된 것이 아니다. 가난한 사람들은 매일 자신들의 운명이 바뀌는 것을 상상한다. 운명이 바뀔 거라고 믿지 않지만, 정말 그런 일이 생기면 자신들이 어떤 모습일지 그려 보는 일은 멈출 수 없다. 그 순간이 닥쳤을 때면 놓치지 않으려 한다. 벗어 놓은 신발 옆에서 라이터 하나를 발견하면, 가난한 자들은 그것을 집어 든다. 마치 행운의 여신이 건넨 물건이라도 되는 것처럼. 운명이 바뀌었다는 신호야, 라고 스스로에게 말한다. 자신들이 발견한 물건을 집어 들 때, 그들은 그게 도둑질이라고 생각하지 않는다. 행운이라고 생각한다. 아니, 가난한 사람들은 자신들이 끼칠 피해를 미리 계획하지 않는다. 그들은 크리스털 잔에 든 음료를 앞에 놓고 도쿄 현지의 시간을 계산하면서 모든 세부사항을 확인하는 일 같은 건 하지 않는다. 가난한 사람들은 마지막 순간에 결정한다.

말이 너무 많아! 여기 있지는 않지만, 비카가 소리친다. 말이 너무 많아, 킹. 아무것도 모르면서!

옷깃 뒤쪽에는 애나가 산다. 콘크리트와 벽돌로 지은 집이 늘 거기 있었는데, 아마 변압기가 있었던 모양이다. 그 집엔 창문이 없다. 애나는 잭에게 허락도 구하지 않고 그 집에 들어왔다. 밤에 왔는데, 해가 뜰 무렵엔 이미 자리를 잡은 상태였다. 잭이 담판을 지으러 갔다.

더러운 면상 치우시지! 애나가 말했다. 당신이랑 놀 생각 없어.

말 들어야 할걸! 잭이 말했다.

난 아무것도 건드린 것 없어. 그녀가 말했다. 당신 땅에 있는 게 아니라고.

불나서 쫓겨나지 않으려면, 숙녀께서….

숙녀라고? 숙녀가 뭔지 보여 주지. 애나는 맥주캔을 집어 들어 잭에게 던졌다.

잭은 건장한 어깨를 살짝 틀어 피했다.

십 분 줄 테니까 꺼져! 그가 말했다. 물건들도 같이 챙기는 게 좋을 거야.

그러고 나서, 물론 애나도 잭에게 자릿세를 내기 시작했다. 일주일에 맥주 여섯 캔.

여기선 아무도 예외는 없어. 잭이 말했다. 알겠어?

어떤 일을 한들 세상이 더 나아질거라 믿진 않지만 그래도 할 일 없이 노닥거리는 건 반대했다. 생 발레리의 유일한 규칙이었다. 잭의 규칙. 그것이, 그가 몇 시간을 들여 꽃 카탈로그를 이어 가며 재킷을 만들어 입는 이유였다. 어쩌면 파악하기 어려운 규칙이었다. 생 발레리 '코트'에선 이유도 모른 채 일단 이해해야 하는 일들이 많았다.

왼쪽 소맷부리에는 요아킴이 산다. 그의 집은 커다란 트럭용 방수천으로 덮여 있다. 비코가 그건 방수천이 아니라 폴리아미드 합성섬유라고 고쳐 준다. 그 천 아래, 요아킴은 창문과 출입구를 만들었다. 생 발레리에서 가장 덩치가 큰 요아킴은 수염을 길렀고 몸에도 털이 많다. 라디오를 자주 듣는데, 불빛이 깜빡이는 커다란 그 라디오를 그는 많이 자랑스러워 했다. 요아킴은 카타스트로프(Catastrophe, 소설이나 희곡 등에서 예기치 못한 비극적인 결말을 뜻함—옮긴이)라는 고양이를 기른다. 요아킴의 가슴엔 맨가슴을 드러낸 여자 모양의 문신이 있고, 그 아래 '에바'라고 빨갛고 파란 글씨가 새겨 있다. 요아킴은 마르첼로의 좋은 친구이고, 두 사람은 긴 여름 저녁에 함께 주사위 놀이를 하곤 한다. 비카는 요아킴이 뱃사람이었을 거라고 믿는다. 그럴 리 없어. 비코가 말한다. 너무 커. 저렇게 몸집이 크면 뱃사람 못 해. 요아킴은 카타스트로프에게 말을 많이 한다. 여자들과 이야기할 때만 쓰는 그런 목소리로.

밤에 말이야. 요아킴이 내게 말한다. 나랑 함께 누우면 카타스트로프는 기분이 좋아서 그르렁거린단다. 너보다 더해, 킹. 너는 그냥 잘 보이려고 하는 거잖아.

말락은 오른쪽 소매 아래 산다. 그녀가 여기에 온 건 리베르토 덕분이었다. 리베르토는 말락 편을 들어 주고, 몸에는 절대 손을 대지 않는다. 어디선가 둘의 인생은 교차했다. 리베르토는 말락의 조력자일 뿐 아니라 아버지라고 해도 될 만큼 나이가 많다.

언젠가 말락이 리베르토에게 말하는 걸 들은 적이 있다. 이리 와서 나랑 함께 죽어요!

리베르토는 키 작은 에스파냐 사람만 할 수 있는 동작으로 몸을 일으키며 말했다. 다시는 그런 식으로 나와 너 자신을 모욕하면 안 돼, 말락. 절대로!

리베르토는 왼쪽 눈 아래 절대 아물지 않는 흉터가 있고, 검은색 콧수염을 길렀다. 감옥에도 몇 번 갔다 왔는데, 이곳에서 유일하게 책을 읽는 사람이다.

솔은 성경을 읽는다. 비코도 평생 수천 권의 책을 읽었지만, 이곳에서는 더 이상 읽지 않는다. 책을 읽으려면, 사람은 자신을 사랑할 필요가 있다. 많이는 아니고 어느 정도. 비코는 자신을 사랑하지 않는다.

왼쪽 주머니에는 대니가 산다. 그가 지내는 곳은 허물어진 컨테이너인데, 추울 때면 화로로 난방을 한다. 대니는 손이 늘 따뜻하고, 얼굴은 펠 하운드처럼 뾰족하다. 코와 입을 여러 번 다쳤는데, 아직 스무 살도 되지 않았다.

하루를 시작하기 전에, 대니는 웃음이 필요하다. 다른 사람들에게 커피 한 잔이나 뜨거운 마가린을 바른 빵 한 조각이 필요하듯.

야생화 같은 여자들이 있지. 대니가 농담을 한다. 숲에서 아주 거

칠게 자라는 여자들!

모두들 석쇠를 얹을 수 있는 자신만의 토스터를 고안했다. 비코는 카오디오를 개조했다. 마르첼로는 근처를 가로지르는 전선에서 전기를 훔쳐 쓸 거라고 계속 말하지만, 아직 실행에 옮기지는 않았다. 토스터가 없는 건 대니뿐이다. 대신 그는 농담을 한다.

올해가 가기 전에 잘 나가는 미국 여자가 나타나 저와 사랑에 빠질 거예요. 대니가 말한다. 네 이모 나이쯤 되겠네? 요아킴이 말한다. 아뇨, 제 또래요. 대니가 대꾸한다. 그럼 볼에 수염이 난 난쟁이겠네! 요아킴도 지지 않는다. 미인일 거예요. 대니가 말한다. 밍크처럼 아름다운 그녀와 매일 아침 벨라 베네치아에서 아침을 먹을 거라고요! 침대에서 먹지 그래? 좀처럼 입을 열지 않는 코리나가 묻는다. 왜냐하면, 그녀는 밤새 섹스하고 일찍 일어나는 걸 좋아하니까요! 대니가 말한다. 우리는 함께 벨라 베네치아로 가서 그녀는 핫 초콜릿을 마셔요!

왼쪽 어깨 근처에 있는 오두막은 뤼크가 지은 것이다. 그는 가고 없다.

저요, 저는 두려움이 없는 곳으로 갈 거예요. 언젠가 내가 뤼크에게 말했다.

어디를 가든 두려움은 있을 거야. 그가 말했다.

제가 가는 곳엔 없어요.

삶이 있는 곳이면, 두려움도 있는 거야. 그가 다시 말했다.

그런 곳엔 죽음이 있어요. 내가 말했다. 삶을 위한 투쟁이 있고, 숨어야 하고, 도망쳐야 하고, 배고픔이 있지만, 두려움은 없어요.

그럼, 개는 왜 도망을 가지?

살려는 욕망 때문이죠.

개가 몸을 떠는 거 본 적 있니?

개는 뭘 해야 할지 모를 때 떨어요.

우리처럼 말이구나!

아뇨, 사람들은 뭘 해야 할지 알 때도, 그걸 모를 때만큼 몸을 떨죠!

꺼져, 이 개새끼야.

나는 아무 말도 하지 않았다. 그냥 뤼크를 쳐다봤다. 이 무슨 좆같은 경우냐, 킹. 그가 말했다. 사람들이 나한테 너를 맡긴 거 말이야, 왜 그랬는지 알아? 말은 안 했지만, 내가 다시 자살 시도를 못 하게 하려고 그런 거야.

뤼크는 얼굴을 들이밀며 코를 내 두 눈 사이에 문질렀다.

뤼크의 입은 원래 있어야 할 자리에서 약간 옆으로 기울었다. 그가 무슨 말을 하든, 그건 모두 기울어진 입을 원래 자리로 돌려놓으려는 노력처럼 보인다. 말을 할 때면 입 안 한쪽 구석에서 혀로 입을 민다. 가끔은 왼쪽에서, 가끔은 오른쪽에서. 자신의 입을 바로 돌려놓으려는 거듭된 그 노력에 비하면 말의 내용은 그리 중요하지 않다.

딴에는 최선을 다한 거라고 생각하겠지만 말이다. 뤼크가 말했다. 사람들은 여기서 무슨 일이 벌어지는지 모를 거야, 그렇지 않니? 뤼크는 자신의 이마를 내 이마에 찧었다.

처음 자살 시도를 했을 때 뤼크는 손목을 부러뜨렸다. 붕대를 감았는데 여전히 통증이 있다.

내가 인간과 완전히 다른 점은, 고통에 집착한다는 점이다. 그러니까 다른 이의 고통 말이다. 예를 들면, 뤼크의 손목 통증 같은 것. 나는 아파하는 이를 넘겨받고, 누군가 다가오면 으르렁거린다. 엄마에게 물려받은 집착인데, 이제 그 집착이 나보다 힘이 세다.

뤼크, 가서 먹을 걸 좀 구해 보죠. 내가 말한다.

오늘 밤엔 고기 좀 먹자! 뤼크가 대답한다. 내가 시키는 대로만 해.

시내로 향했다. 키리나 구역으로. 신중하게 정육점을 골랐다. 주인 한 명밖에 없는 작은 정육점. 가게 안으로 들어가기 전에 뤼크는 코트에서 팔을 빼고, 그대로 망토처럼 둘렀다. 목깃을 바짝 올리고, 팔은 소매에서 빼서 옷 안으로 넣었다. 나는 밖에서 기다렸다.

정육점에 들어간 뤼크는 오소 부코(osso buco, 송아지의 정강이살을 백포도주로 쪄낸 이탈리아 요리—옮긴이)를 만들 소꼬리가 있냐고 묻는다. 며칠은 버틸 수 있는 요리. 좋은 고기가 필요한데, 뤼크가 붕대 감은 팔을 들어 보이며 덧붙인다.

사고를 당하셨나 봅니다? 정육점 주인이 묻는다.

아니요, 개한테 물렸습니다.

들어오라는 신호다. 나는 약속대로 움직인다.

선생님 갭니까? 주인이 묻는다.

처음 보는 녀석입니다. 뤼크가 말한다. 저라면 쫓아낼 것 같은데요. 정상이 아닌 것처럼 보이는데.

나가! 주인이 소리친다.

나는 한 발 더 앞으로 나아간다.

물을 한 양동이 뿌리면 어떨까요? 뒤에 물 있죠? 뤼크가 제안한다.

가까이 가지 마세요. 주인은 그렇게 말하고 뒷문으로 나간다.

나는 으르렁거린다.

뤼크는 신중하고도 능숙하게 오른손을 들어, 힘줄과 돼지비계 옆에 놓인 구이용 소고기 이삼 킬로그램을 코트 안으로 미끄러지듯 집어넣는다.

그 순간 밖으로 나갈 수도 있었다. 슬금슬금 물러날 수 있었지만, 무언가가 그럴 수 없게 막았다. 뤼크에게 인정받고 싶었다. 더러운 일을 견디는 것, 자존심에 관해 무언가를 말하고 싶었다. 그래서 그 자리에 그대로 서서, 고개를 빳빳이 들고 이를 드러내 보였다.

정육점 주인이 진열대 너머로 물을 뿌렸다. 제대로 뒤집어썼다. 정육점 주인은 물을 많이 뿌려 본 사람임에 분명했다. 모든 사람들이 그렇게 정확히 물을 뿌리지는 못한다.

나는 물을 흘리며 서 있다. 정육점 주인이 떨리는 내 옆구리를 보지 않기를 바란다.

이상한 놈이네요. 뤼크가 말한다. 이런 개는 처음 보는 것 같은데….

천천히 나는 물러난다. 한 걸음 한 걸음, 문에 이르고, 사라진다.

여기 고기는 코셔(kosher, 유대교 율법에 따라 적정하게 처리된 식품을 뜻함—옮긴이) 고기죠? 뤼크가 진지하게 묻는다.

갑자기 무슨 코셔 고깁니까? 정육점 주인이 어리둥절한 표정으로 되묻는다.

죄송합니다. 코셔 고기를 파는 가게인 줄 알았네요. 죄송합니다.

오두막에 돌아온 뤼크는 곧장 고기를 조리한다. 잔치라도 하는 날, 먹을 것이 충분하면 생 발레리 사람들은 좋아하는 이웃을 초대한다. 하지만 평범한 날에는, 운이 좋아 먹을 것이 많이 생겨도 아껴 둔다. 뤼크와 나는 둘이서 고기를 다 먹어 치운다.

잠시 후, 배가 부른 우리는 담요 위에 누워 M.1000 도로를 따라 남쪽으로 내려오는 자동차의 전조등 행렬을 본다. 가끔은, 한 방울의 피처럼 멀어지는 자동차의 후미등을 물끄러미 바라보기도 한다.

칠 주 후 뤼크는 자살했다. 두번째 시도에서는 실수하지 않았다. 그는 다리에서 뛰어내렸다.

이제 뤼크는 죽었고, 봄이면 버섯이 자라곤 하는 벽을 그에게 보여 주고 싶다. 풀들 사이에 숨은 버섯은, 하늘을 향한 새카만 코처럼 까맣고 차갑다. 버섯에서는 흙냄새와, 초콜릿 하나를 받고 점을 봐 주는 노파의 숨 냄새가 난다. 뤼크라면 거기서 곰보버섯을 일 킬로그램 정도 찾을 수 있을 것이다. 그런 다음 우리는 버섯을 파슬리, 마늘과 함께 요리하고, 계란 네 개로 오믈렛을 만들 것이다. 가벼운 맛을 내기 위해 백포도주 한 술을 넣은 오믈렛을 반으로 나누어 먹을 것이다. 죽은 자와 개가.

코트 왼쪽 아랫단쯤에 있는, 한때 지하실이었던 곳에 살던 솔이 그새 뤼크의 오두막을 차지했다. 당연히 잭의 허락을 얻어야 했다.

비코만큼 나이가 많은 솔은 항상 트위드 모자를 쓰고 지낸다. 모자를 벗은 모습은 한 번도 본 적이 없다. 마르첼로가 티브이를 한 대 줬는데, 솔은 종종 그 위에 앉아 있다. 말은 거의 일주일에 한 번 정도만 한다. 도살장에서 이십 년을 일했는데, 무슨 사건인가 터져서 쫓겨났다고 했다. 나한테는 몇 번 말을 건 적이 있다. 젊었을 때 토끼 몰이를 나가곤 했는데, 한번 나가 볼래? 솔은 시간이 날 때면 성경을 읽는다. 방금 손바닥에 내려앉은 새를 쥐듯, 조심스럽게 성경을 들고 읽는다. 신앙심이 몹시도 깊어서 성경을 읽다가 두 눈을 감기도 한다.

코트 남동쪽, 도시를 피해 바다로 이어지는 지름길이 난 쪽에 구덩이가 하나 있다. 길고 가는 구덩이. 한때 지하철 터널의 일부였는데 지금은 무너졌다. 경사가 가파르지 않아 위험하지는 않다. 밤이면 수많은 노숙자 연인들이 이 구덩이에서 일종의 안식처를 찾는다. 대니는 그곳을 보잉이라고 부른다. 모양이나 크기가 제트기와 어느 정도 비슷할뿐더러, 바닥의 오물들 사이에서 휴스턴행 항공 짐표가 아직 붙어 있는 여행 가방을 발견하기도 했다. 대니가 농담을 하나 만들어냈다.

이 보잉 747이 앞을 가리고 비행한 건 아니겠지만, 조종석 패널을 보니까 다 점자로 돼 있더라고!

코리나는 안주머니 근처의 승합차에 산다. 매일 작아지는 그녀, 코리나는 점점 쪼그라드는 중이다.

아무짝에도 쓸모없는 게으른 놈! 그녀가 내게 외친다.

이곳을 지키잖아요. 내가 말한다.

각자 지키면 특별히 더 지킬 건 없어.

충분하지 않아요. 내가 말한다.

뭘 바라고 내 손을 그렇게 쳐다보는 거니? 코리나가 묻는다.

당신 손이요. 내가 말한다.

그녀는 남자 신발을 신은 발로 나를 차는 시늉을 하고는 침을 뱉는다. 미소를 지은 다음에 코리나는 항상 침을 뱉는다. 이가 없는 것과 상관있다.

비코와 비카가 오두막을 지었을 때, 코리나는 두 달이 지나서야 두 사람을 인정했다. 코리나의 승합차는 오두막에서 돌을 던지면 닿을 거리에 있다. 두 달 동안, 코리나는 비코와 비카가 부를 때마다 못 들은 척했다. 그러던 어느 맑은 날 아침, 그녀가 비카에게 말했다.

빨랫줄을 늘이려면 여기, 제 차 사이드 미러에 묶으세요. 빨랫줄에 널린 빨래는 안 무서우니까.

생 발레리에서 가장 부자인 알폰소는 오른쪽 주머니에 산다. 솔이 뤼크의 오두막으로 옮기기 전에 살던 자리 건너편이다. 알폰소는 남아 있는 벽돌벽에 지붕만 기대 놓고 오두막을 지었다. 집 짓는 일은 모두 혼자 했다. 타일을 얹은 지붕과 굴뚝은 물론, 나무로 만든 현관 앞 계단까지 갖추었다. 그 계단에 종종 내가 먹을 것을 놓아두기도 하는데, 오늘 아침에는 아니다.

알폰소가 가장 부자인 건 노래를 하기 때문이다. 전자기타를 치며 지하철에서 노래한다. 옛날엔 나를 데리고 나간 적도 있다. 자신이 노래를 하는 동안 내게 돈을 걷게 하려는 속셈이었고, 나는 그의 뜻대로 했다. 그러던 중에 어디서 닳고 닳은 여자를 하나 만나더니, 그 여자가 돈 걷는 일을 더 잘할 거라고 판단했다. 과연 그 여자가 더 잘했다. 하지만 여자는 건 돈의 대부분을 자신이 가지려고 했다. 결국 알폰소가 진 것이다.

알폰소는 목소리가 아름답다. 그건 패배자의 목소리이고, 훌륭한 남자 목소리 중에 종종 그런 목소리가 있다. 그의 문제는 너무 많이 진다는 점이었다. 번 돈을 모두 여자들에게 쓰고, 밤이면 그 여자들을 데리고 온다. 여자들은 아침 일찍 그의 돈을 가지고 떠나고, 그런 날이면 알폰소는 노래를 하러 나가지 않는다. 집 안에 처박혀, 자신의 슬픈 목소리를 되찾는다. 비카의 말에 따르면, 아예 뇌가 없는 것 같다. 닭대가리보다도 못 하다고, 비카는 말한다.

여기는 마르첼로가 일광욕을 즐기던 자리다. 겨울에 마르첼로가 어디로 가는지는 모른다. 그는 시월에 떠났다. 잭은 삼월에 꼭 올 거라고 했는데, 아직 오지 않았다. 마르첼로는 가전제품을 모은다. 통째로 두고 간 선반에는 텔레비전이 큰 것으로 다섯 대나 있다. 자신은 물론 생 발레리의 다른 사람들을 위해 전기를 훔치는 이야기를 하는데, 아주 간단하다고 한다. 간단한 건 아무것도 없다고, 리베르토가 말한다. 맑은 날이면 마르첼로는 반바지만 입은 채 태양 아래 눕는다. 여러분을 지켜 줄 한 뼘 잔디밭과 덤불. 마르첼로는 아내가 떠난 후 일들이 잘못되기 시작했다고 말한다. 막 버림받은 남자에게선 특별한 냄새가 난다. 혼자 지내 온 남자에게 나는 냄새와는 확연히 구분되는데, 상한 우유 냄새와 많이 다르지 않다. 그는 제철소에서 일했다. 아이는 있었어요? 한번은 비카가 물었다. 그는 고개를 끄덕이며 새 맥주캔을 땄다. 마르첼로와 그의 짧은 앞머리—갈색이 도는 금발이었다—, 부드러운 입술과 어린 테리어 같은 눈이 영원히 가 버린 것은 아닌지 궁금하다.

내가 어떻게 생 발레리에 들어오게 됐는지 알고 싶으시다고? 걸어서 왔다. 길을 따라서. 다가오는 차들을 살피기 위해 도로 왼쪽으로 걸었다. 무엇을 찾아 길을 나섰는지는 나도 몰랐고, 그저 바다 가까이에 가면 사정이 더 좋을 거라고만 상상했다. 사십구 일이 걸렸다. 대부분은 낮에 자고 밤에 걸었다.

왜 살던 곳을 떠났느냐 하는 건 다른 문제인데, 나도 확실히 답은 못 하겠다. 정확히 어떤 일이 있었는지 모르겠다는 뜻이다. 여기 있는 사람들 모두 똑같이 이야기할 것이다. 갑자기, 시작도 끝도 없이, 그냥 다음 시간을 홀로 살아남아야 한다. 다음 시간, 그 다음, 그 다음 다음 시간도. 아무도 그 일이 닥칠 당시에는 알아차리지 못한다. 각자에게 다른 방식으로 닥친다. 그리고 모두에게, 한눈을 팔고 있는 동안 닥친다. 눈보다 귀로 먼저 알아차린다. 정체된 차들에서 나는 소음이 먼저 있고, 나중에 오줌 냄새가 난다.

마침내 이 도시에 도착했을 때, 비코가 B.9 부두의 버려진 크레인 밑에 있는 나를 발견했다. 요트들이 정박해 있는 새 항구로 가는 길이었다. 나폴리 출신인 비코는 이탈리아 국기를 달고 있는 요트를 찾고 있었다. 당시만 해도, 그는 적극적으로 나서면 임시 일자리라도 구할 가능성이 조금이나마 있을 거라고 믿었다. 그래서 요트 주인에게 에게 해를 안내해 주겠다고 제안했다!

비코는 자신이 어떤 모습인지 더 이상 알지 못했다. 머리를 빗고, 면도기를 찾아 수염을 깎고, 바지의 먼지를 떨고, 구두를 닦고, 손톱도 깎았지만, 그 모든 노력에도 불구하고 자신의 흐트러진 모습을 알아채지는 못했다.

설명할 수 없는 모습이었다. 우리 모두 그렇다. 광대뼈 아래, 입 주위로 당겨진 볼살과 웅크린 어깨에서 그 모습은 드러난다.

안내 필요 없습니다. 요트 주인이 말한다.

제가 역사와 지리 모두 꿰고 있습니다. 비코가 장담한다.

그의 목소리가 놀랍다. 가벼우면서도 섬세한 목소리. 마치 꽃에 앉는 나비, 날개를 세우고 가볍게 떠는 나비처럼 문장을 던진다.

스트립 댄서가 필요하긴 한데, 할아버지가 그것까지 구해 줄 순 없을 것 같은데! 요트 주인이 말하고 사람들은 모두 웃음을 터뜨린다.

지나치게 가까이 다가오는 약자들에게 강자들이 느끼는 증오는 인간만의 특징이다. 동물들 사이에선 그런 일이 없다. 인간들에게는 존중돼야만 할 거리가 있는데, 그게 지켜지지 않았을 때 모욕을 당했다고 느끼는 쪽은 약자들이 아니라 강자들이고, 그 모욕감에서 증오가 생겨난다. 나는 요트 주인에게서 그런 증오를 느끼며 으르렁거렸다.

그들 중 갈색 선글라스를 쓴 남자가 어깨 너머로 나를 돌아보며 말했다. 꺼져, 개새끼야!

지도에 안 나온 곳도 알고 있습니다. 비코가 나비 같은 목소리로 매달렸다.

할아버지 개도, 지도도, 할아버지도 필요 없다고, 알았어요?

내 개 아닌데.

길이나 막지 마요, 네?

그들은 돌아서서 걸음을 옮겼다.

너는 어떻게 된 거냐? 비코가 내게 처음 한 말이다. 어디서 왔니?

나는 비코를 가만히 쳐다본다.

그럼 내 소개부터 해야겠구나. 나는 비코, 위대한 잠바티스타〔십
팔세기 이탈리아 나폴리 지역의 정치철학자이자 역사가였던 잠바
티스타 비코(Giambattista Vico)를 가리킴—옮긴이〕의 후손이지.
옛날엔 공장장이었어. 진짜란다. 작은 공장이었고, 근처에 필립
스 공장도 있었는데, 좋은 이웃이었지.

말도 안 돼! 뭘 만들었는데요?

천을 만들었지, 작업용 천 말이다. 폴리에스테르, 폴리카바마이
드, 엘라스탠, 폴리테트라플루오로에틸렌, 비닐….

천 이름이 모두 꽃 이름처럼 들리고, 비코가 그 단어들을 말할 때
마다 목소리에선 나비 날개들이 가볍게 떨린다.

그를 쳐다본다. 백발이고 이마엔 주름살이 많다. 나이는 육십대
중반. 어쩌면 더 들었을지도 모른다. 귀가 아주 크다. 귀는 나이를
먹을수록 커진다. 비코는 코끼리처럼 귀가 크고, 털도 삐져나와
있다. 눈은 짙다. 양쪽 눈 모두 아직 젖은 모래밭에 남은 짐승 발
자국 속의 검은 돌멩이 같다. 돌멩이는 꼼짝도 하지 않는다. 갈라

지고 얇은 손톱이 눈에 띄는 손은 작고 섬세하다. 마치 소녀의 손처럼. 하지만 그 손엔 굳은살과 회색 얼룩이 가득하다. 몇 년 동안 납이나 중금속을 다루는 일을 한 사람 같다. 손만 본다면, 아버지가 시력을 잃은 후 아세틸렌 용접 일을 물려받은 딸의 손으로 착각할지도 모른다.

블라우스와 바지, 망토, 모자를 만들었는데, 제일 유명했던 건 장갑이었단다. 그가 말했다. 유럽 최고의 절연(絶緣) 장갑을 만들었거든. 석영 파생물을 이용해서 말이야. 너는 이름이 뭐니?

바로 말해 주지는 않을 생각이었다.

앞으로 킹이라고 부르마. 그가 말했다.

잠시 걸은 후 비코는 광장에 있는 분수 모퉁이에 앉아, 들고 있던 비닐봉지에서 환타 한 캔을 꺼냈다. 뚜껑을 딴 후 내게 내밀었지만, 나는 고개를 가로저었다.

그가 말했다. 다섯 살 때쯤 달라지는 거야. 물론 전시(戰時)는 예외지. 전시를 생각하면 모든 게 달라지니까. 전시에는 유년 시절이란 것도 없어. 그건 분명히 해 두자. 킹, 유년 시절 같은 건 없는 거야. 다섯 살이 될 때까지, 그러니까 평화로운 시기에는 말이다, 예상치 못했던 일은 늘 놀라움과 함께 찾아오고, 다섯 살 때 놀랄 일이란 보통은 좋은 일이게 마련이지. 그러다 뭔가 바뀌고, 예상치 못했던 일은 꼭 나쁜 일이 되지. 아주 나쁜 일. 나만 봐도 그래. 나는 머리에서 발끝까지 꽁꽁 싸맨 채 추위에 맞서고, 예상치 못했던 일에 맞서지. 밤낮으로 그것들을 쫓아내려고 애쓴단다. 추위

와 예상치 못했던 일 말이다. 내가 어디서 자는지 보고 싶니?

그런 식으로 말하는 남자는 비코가 처음이었다. 나는 비코를 따라 나섰고, 그는 서블리시우스 다리 아래 자신의 잠자리를 보여 주었다. 우유에 담근 빵도 주었다. 그때는 비카와 함께 지내지 않았다. 비카 이야기를 처음 한 건 불과 한 달 전의 일이었다. 어느 날 갑자기 그녀가 나타났다.

내 개네! 비카는 나를 보자마자 그렇게 말했다. 이리 온, 아가.

2

오전 일곱시 삼십분

저 너머 타이어 뒤에서 비카는 여느 아침과 다름없이 쉬고 있다. 이미 말했듯이, 비카는 비코의 아내다. 사생활이 거의 없는 여인이라면, 가끔씩 말로나마 작은 커튼을 만들어 주는 게 좋다. 그래서 제비에 관한 이야기를 할 생각이다.

그 새는 우연히 방 안으로 들어온다. 방 안을 맴돌 뿐, 자신이 들어왔던 열린 창문을 찾지 못한다. 계속해서 그 너머로 하늘이 보이는 유리창에 부딪치며 밖으로 나가려고 애쓴다. 제비는 점점 더 난폭하게 날개를 유리창에 부딪치고, 창틀이 흔들리는 소리가 난다. 손잡이를 돌려 여는 종류의 창틀이다. 새는 유리의 존재를 믿지 못한다. 자신이 하늘에 있다고 생각하지만, 한편으론 자신이 날지 못한다는 것도 알아챈다. 잠시 쉬었다가 다시 푸드덕거린다. 유리창을 향해 몸을 날린다. 마치 이번에는 자기가 갇혀 있는 그물을 뚫고 나갈 수 있을 것 같은 속도로. 하지만 다시 유리에 부딪치고는 놀란다. 매번 부딪칠 때마다 깃털로 뒤덮인 새의 몸통이 심하게 떨리고, 몸 안의 심장은 떨리는 날개보다 더 빠르게 뛴다. 부리 아래에 한 방울 피가 맺힌다. 유리에 부딪힐 때마다 피가 한 방울씩 맺힌다. 그러다 다음번 가장 난폭한 마지막 비행에서, 기적이 일어난다. 제비는 몸을 던질 유리창을 잘못 겨냥하고, 그대로 열린 틈으로 빠져나간다. 곧장 ─꼬리가 창틀을 완전히 벗어나기도 전에─ 자신이 다시 하늘로 나왔음을 안다. 짧은, 거의 들리지 않지만 또렷한 기쁨의 지저귐이 들린다.

비카는 치마를 손으로 털고 집 안으로 들어온다. 처음엔 두 사람의 이름을 믿지 않았다. 비코, 비카. 진짜라고 하기엔 너무 비슷한 이름이었다. 농담 같았다. 하지만 이제 비카는 내가 사랑하는 주인 아줌마고, 비코는 주인 아저씨다. 이게 우리 집 문이다!

비코는 이 집을 오두막(Hut)이라고 부른다. 비카는 피자헛(Pizza Hut)이라고 부르기도 했다. 그렇게 부를 때 그녀의 눈에 눈물이 고였다. 눈가에 눈물이. 내 기억에, 얼른 울음을 멈춰서 눈물이 코를 타고 입까지 흘러내리지는 않았던 것 같다. 엄청나게 애쓴 까닭에 울음을 터뜨리지 않았지만, 눈가에 고이는 눈물까지는 어쩔 수 없었다. 비카가 이 집을 피자헛이라고 부른 건, 자신이 꿈꾸던 삶과 얼마나 많이 떨어진 것인지 드러내기 위해서였다! 그녀는 암스테르담의 프린센그라흐트에서 태어났다. 나중에는 약간 취한, 웃음 섞인 목소리로 그 집을 '우리 피자집'이라고 부르는 것도 들었다. 비카는 맥주를 마시곤 한다.

오두막은 가로 삼 미터, 세로 사 미터 정도 된다. 집을 짓기 전 비카는 십이 평방미터의 땅에 널려 있던 돌들을 치우는 데만 하루를 꼬박 보냈다. 그런 다음 땅에 물을 뿌리고, 퉁퉁 부은 손으로 가장자리를 두드려서 테이블처럼 평평하게 만들었다.

침대의 철제 틀을 양쪽에 박아 벽을 세웠다. 그 위에 폴리스티렌 판과 합판을 고정했다. 요아킴이 오렌지색 페인트를 한 통 구해 주었다. 자기 집에 칠하기에는 너무 밝다고 했다. 가족을 위한 색이라고, 그는 말했다.

폴리스티렌 판에 오렌지색을 칠했다. 군데군데 색을 칠하지 않고 흰색 그대로 남겨 둔 건 별처럼 보이게 하려는 생각에서였다. 밤이 되어 비코가 등을 끄면, 그 흰 자리가 어둠 속에 반짝이고, 우리는 잠들기 전에 그것들을 바라본다.

우리 셋이 동의한 것들 중 하나가 잠이다. 누가 잠을 가장 설치는지는 확실치 않다. 어쩌면 우리는 돌아가며 깊은 잠에 빠지는지 모른다. 나는 비카 옆에서 잘 때도 있고 비코 옆에서 잘 때도 있다. 나는 늘 그들과 함께 자고, 절대 둘 사이에서 자지는 않는다.

잠이 들면, 그렇게 셋이서 함께 보호받는 느낌이 든다. 누구도 중앙역에서 노인에게 그랬던 것처럼 우리를 건드리지 않는다.

우리 셋은 잠이 최고라는 사실에 동의했다. 비카나 비코가 그렇게 말한 적은 없다. 하지만 두 사람 다 그게 사실이라는 걸 알고 있다. 거의 오 년 동안 그랬다. 잠이 최고다. 잠이 최고라는 사실에 우리가 동의했다는 점 그리고 우리 셋이 함께 있다는 사실 덕분에, 몸을 누이면 편안해진다.

날이 춥고 불을 피울 땔감이 없으면—종종 그런 일이 있는데—, 두 사람은 옷을 다 입고 장갑까지 낀 채 잠자리에 든다. 잠이 들기 전 잠시 장갑을 벗고 서로의 손을 잡는다. 손을 잡은 채 판지로 만든 천장을 올려다본다. 거기,

ART. NO. 353455B
c/ NO. 1-700
INHOUD 2 STUKS

라고 적혀 있다. 잠시 후 둘은 돌아눕는다. 잠이 최고라는 걸 알기에.

비코와 비카, 그건 두 사람이 즐기는 장난이었다. 서로의 이름을 바꾸어 부르며 장난을 치는 건, 세상의 부조리함에 대해 장난을 치는 방법이었다. 아니, 다시 말해야겠다. 종종 다시 말해야만 할 때가 있다. 서로의 이름을 가지고 장난을 치는 건 자신들에게 일어난 일에서 한발 물러나 비웃는 것이었고, 그래서 두어 번 짧게 웃는 동안 참담함을 잊을 수 있었다.

골이 진 지붕에 덮은 비닐은 깨진 콘크리트 조각으로 눌러 놓았지만, 바람이 불 때면 빗물이 스며든다. 합판으로 만든 지붕은 방수가 되지 않아 물이 새고, 물이 스민 자리는 점점 더 커져 간다.

아무것도 다시 마르지 않겠구나, 하고 생각하는 순간, 첫번째 절망이 시작된다. 최초의 절망은 축축함이다.

축축함 + 추위 = 절망

절망 + 배고픔 = 신의 부재

신의 부재 + 술 = 자살

축축한 계절은 지나갔다. 그게 내가 비카에게 해 주고 싶은 말이다. 이제 다시 해가 날 거라고. 여름의 태풍이 오면 뼛속까지 젖겠지만, 세상은 곧 다시 마를 거라고. 바로 그게 내가 비카에게 해 주고 싶은 말이다. 습기는 금방 마르고 축축함은 없어질 거라고. 습한 것은 지나갔다고. 그게 내가 비카에게 해 주고 싶은 말이다.

킹, 정말 해가 난 거니? 비카가 묻는다. 그녀는 침대에 누워 있다. 해가 났다면, 두 번만 왕복해서 물 네 통만 떠 오자, 괜찮지? 그녀가 말한다. 비코가 기뻐할 거야, 킹.

생 발레리 사람들에겐 물이 문제이고, 제각각 자신만의 해결책을 찾아야 한다. 비카는 늘 빨래를 하기 때문에 물을 더 많이 쓴다. 빨랫줄엔 항상 뭔가가 널려 있다. 위치만 잘 잡으면, M.1000 도로에서도 비카의 빨랫줄을 볼 수 있다. 북쪽 방향 진행차선에서 교통상황을 알리는 전광판을 지나 오른쪽으로 가, 폐타이어 더미 왼쪽에 서면 보인다.

오늘 아침엔, 비코의 하루 계획을 놓고 두 사람이 십 분 동안 말다툼을 했다. 밤은 봄에 잘 안 팔리고, 옥수수는 아직 나오지 않았다. 그래서 비코는 무를 팔아 보겠다고 했다. 제 정신이에요? 어둠 속에서 비카가 소리쳤다. 왜 그렇게 멍청해? 사람들은 어린 여자한테 무를 산다고요! 애들한테서 사지, 노인한테서는 안 사. 당신 같은 노인한테서는!

비웃음거리만 될 거야. 비카가 쏘아붙였다.

쓰레기 더미를 뒤지는 일은 비카가 더 잘한다. 비코는 그 일을 하지도 못한다. 아직도 어머니가 볼까 봐 두려워한다.

쓰레기 더미를 뒤지는 일을 잘하려면 찾는 물건에게 말을 걸어야 하는데, 비카는 그 점을 알고 있다.

나오렴, 작은 양배추야. 썩어 버린 겉만 떼어내면 속은 아직 괜찮잖아!
속살은 아직 깨끗하지, 닭고기야. 그렇지?
냄비야, 나한테 오렴. 뚜껑이 없어도 괜찮아!
한 번 앉아 보자, 의자야. 없어진 네번째 다리는 내가 어떻게든 다시 끼워 줄게. 세 개라도 있으면 두 개만 있는 것보단 낫지!

비카는 그렇게 할 수 있다. 비코는 못 한다.

이제 비카는 침대 옆 바닥에 놓인 겨자병을 집어 들고 손가락을 넣는다.

저이는 겨자가 도움이 안 된다고 하지만 그건 잘못 생각하는 거야, 킹. 나는 저이가 틀렸다는 걸 알지. 도움이 되고 말고. 매일 아침 겨자에 담그지 않으면 손가락이 뻣뻣해. 붓기가 사라지지 않고 보기에도 끔찍하지. 한 손가락에 삼 분씩, 양손 모두 하는 데 삼십 분. 어느 쪽에 더 도움이 되는지는 나도 모르겠구나. 겨자를 바르는 손가락에 도움이 되는지, 아니면 겨자를 문지르는 다른 쪽 손가락에 도움이 되는지. 양쪽 다 아닐까, 아가? 열여덟 살 때 이 손이 어땠는지 상상이 가니? 야나체크(Janacek)의 곡을 연주하던 그 손이? 아니, 너는 상상도 못 할 거야.

　어느 날 집시 소녀를 만났지,
　사슴처럼 나긋나긋했던 그녀,
　새까만 머리가 어깨에 흘러내리고,
　눈은 바다처럼 깊었지.

비카가 그 노래를 불러 준 게 처음은 아니다. 하루 건너 한 번씩 그 노래를 부르고, 야나체크에 대해서도 백 번은 이야기한 것 같다. 자꾸 반복되는 이야기들이 가구들처럼 집 안을 채우고, 가구가 거의 없는 이곳 사람들은 자신들의 이야기를 반복한다. 비카도 그렇다. 요아킴도 그렇고, 잭도⋯.

물을 구하러 올라가는 일은 머리를 써야 한다. 비카가 슈퍼마켓에서 훔쳐 온 수레는 바퀴 위에 상자를 올려놓은 것이다. 사람도 실어 나를 수 있다. 우리는 무게 때문에 한 번에 이십 리터짜리 물통 두 개만 갖고 간다. 어려운 건 비카가 물통을 들고 제방을 오르는 일이다. 제방은 엘프 주유소 아래에 있다. 수레를 맨 밑에 두고, 비카가 내 머리 위에 앉으면 나는 목과 어깨로 그녀를 밀어 올린다. 손과 마찬가지로 그녀의 발도 부었다. 반쯤 올라간 후, 비카는 잠시 쉬며 호흡을 고른다.

그녀가 내 머리 위에 앉으면 나는 무릎 뒤쪽을 핥는다.

킹! 하지 마! 비카가 말한다.

주차장 뒤에 있는 화장실의 세면대에서 물을 끌어다 통을 채운다. 주유소 주인은 우리와 사이가 좋지 않다.

야, 이 도둑 년아! 당장 꺼지지 못해!

오늘은 내가 문 앞에 서 있기 때문에 주인이 다가오지는 않는다. 주인이 인상을 찌푸린다.

총 갖고 올 거야. 그가 낮게 말한다.

비카는 어금니를 굳게 다문 채 그를 무시하는 척한다.

물이 찬 통을 제방 아래로 갖고 와 다시 수레에 실으면, 비카는 특별히 만든 멜빵을 내 가슴에 채우고, 나는 오두막까지 수레를 끌고 온다. 비카는 쟁기처럼 수레의 방향을 잡으며 뒤를 따른다.

내가 약간은 비카와 사랑에 빠졌다는 건 비밀이 아니다. 그녀도 알고 있다. 수레 끄는 멜빵을 꿰맬 때, 그녀는 그 사실을 완벽히 알고 있었다. 그녀는 나의 헌신을 이용한다.

비코도 알고 있다. 가서 비카랑 있어! 비코는 가끔 그렇게 말한다. 비카가 자신보다 나와 이야기하는 걸 더 좋아한다는 사실을 알고 있다. 비카가 벌써 여러 번 말했다. 나는 새로 나타난 놈이니까. 내게 이야기를 하면서, 사람들은 자신들이 말하는 대로 느낀다. 나로서는 처음으로 듣는 이야기니까. 그게 내가 가진 재능이다. 어린아이 같은 순진함. 내 눈에는 그들이 본 것의 흔적이 담겨 있지 않다.

그래서 나와 있을 때 비카는, 비코와 있을 때는 더 이상 불가능한 방식으로 자신의 삶을 다시 산다. 종종 그 때문에 비코가 질투를 하기도 한다. 비코가 오두막에 돌아왔는데 두 사람이 식탁으로 사용하는 조리기 위에 내가 늘어져 있고, 비카가 귀중품함으로 쓰는 병에 담긴 물건들을 만지작거리며 쉴 새 없이 이야기를 하는 모습을 보게 되면, 팔을 들고 나를 향해 화난 목소리로 소리친다. 나가! 그는 권투 경기의 심판처럼 소리친다. 나는 나온다. 그러는 편이 낫다. 밖으로 나와서 오줌을 싼다.

나는 비카와 사랑에 빠지는 걸 원하지 않는다. 살아남기 위해 단순해져야 할 필요가 있다. 말 그대로 한 가지만 생각해야 한다. 비카 쪽에서 나를 유혹하기 위해 뭔가 해 보기로 마음을 먹거나 어떤 행동을 먼저 시작하지는 않는다. 아마 오래전에는 달랐을지도 모르겠다. 두 사람은 칠십년대에 취리히에서 만났다. 비코는 시청 공무원들이 입을 근무복 납품 계약을 협상 중이었고(그의 공장 이야기가 사실이라면), 비카는 음악학교에 다니고 있었다.(그녀가 정말 음악 공부를 한 게 맞다면) 두 사람은 폭풍우 속에 만났고, 그는 예약해 두었던 나폴리행 기차를 타지 않았다. 당시 비카는 매혹적이었던 게 틀림없다. 집중과 발놀림에 관한 이야기다.

지금 그녀는 세상에서 가장 매혹적이지 않은 여자다. 유혹과 관련된 행동은 하나도 하지 않는다. 주변 사람들이 모두 자신을 보지 못하고, 자기 이야기를 듣지도 못하는 것처럼 행동한다. 상대방을 바라보며 이야기를 할 때도 해변의 벤치에 혼자 앉아 있는 사람처럼 이야기한다. 그리고 그게 문제다. 만약 어떤 여자와 조금이라도 사랑에 빠지면, 그녀의 행동이 아니라 그녀의 있는 모습 그대로와 사랑에 빠지기 때문이다. 나는 그녀의 있는 모습 그대로와 사랑에 빠졌다.

아니, 다시 말해야겠다. 자신의 매력을 활용하는 오래된 버릇이, 아주 잠깐 그녀 자신을 이길 때도 있다. 지난 봄, 광장 근처의 우체국 옆에서 수선화를 팔 때였다. 물을 조금 채운 빨간 양동이에 수선화 스무 다발을 담아 보도 위에 놓고 팔았다. 리크(leek, 양파와 비슷한 백합과의 식물—옮긴이) 냄새처럼 울부짖는 노란색이었다. 우리는 해변에 있는 저택의 정원에서 그 꽃을 수백 송이 뽑았다. 저택에는 철문이 내려져 있고, 담에 전기도 흐르고 있었다. 오월까지는 아무도 그 집에 오지 않는다. 내가 두 사람을 그 집으로 안내했다.

한 여학생이 두 다발을 사며, "고맙습니다, 할머니!"라고 인사했다. 비카는, 자신도 모르는 새, 미소를 지으며 여학생의 볼을 손가락으로 쓰다듬었다. 여학생은 손으로 키스를 날렸고, 비카도 뻣뻣한 손을 들어 두 번의 키스를 답례로 보냈다.

내가 수레를 끌고 비카는 방향을 잡는다. 집에 도착할 즈음엔 둘 다 숨을 헐떡이고 땀이 비 오듯 흐른다.

목욕 시켜 줘야겠구나. 그녀가 말한다.

비카가 늘 하는 농담 중의 하나다. 기분이 좋을 때는 농담을 하지 않는다. 비카는 기분이 좋지 않을 때만 농담을 한다.

겨울엔 물통이 얼지 않기를 바라며 실내에 보관한다. 지난 겨울에는 물이 꽁꽁 얼면서 집 안이 더 추웠다. 지금처럼 봄이 오면 바깥에 골이 진 처마 밑, 지붕에서 딱총나무까지 매어 둔 빨랫줄 가까이 둔다.

햇빛에 누더기들이 잘 마르겠네! 처음 오두막으로 들어올 때, 비코가 빨랫줄을 묶어 주는 걸 보며 비카가 소리쳤다.

비카는 모든 걸 '누더기'라고 한다. 파크 호텔 근처의 세탁물 수레에서 주워 온 새 옷이라도 마찬가지다. 가끔 주변 남자들의 옷을 빨아 주기도 한다. 너무 지저분하지만 않으면 당신 누더기도 빨아 줄게, 하고 먼저 말한다.

딱총나무 아래 물통을 내려놓고, 지붕 만드는 데 쓸 재료들 위에는 수선화를 담았던 빨간 양동이를 올려놓는다.

나무에는 빗자루도 걸어 놓았다. 비카가 빗자루를 들고 바닥을 쓸기 시작한다. 먼저 오두막 안을 쓸고, 다음엔 빨간 양동이와 물통이 놓인 길을 쓴다. 비질하는 모습은 내가 좋아하는 그녀의 모습이다. 가정주부다운 면모나 집 안을 깨끗하게 하려는 노력 따위는 보이지 않는다. 절대로 깨끗해질 수는 없다. 그냥 매일 코를 닦는 정도, 그게 전부다. 비질을 할 때 그녀의 팔 위쪽이 움직이는 모양을 나는 사랑한다. 물을 찾아 바위를 넘어가는 물개를 떠올리게 한다.

씹할! 오늘 할 일은 다 한 거 아냐? 비카는 그런 말을 뱉으며 빗자루를 다시 딱총나무에 건다. 그런 다음 오두막에서 커피잔 두 개를 갖고 나와 빨간 양동이에 넣고 씻는다. 나는 그녀를 지켜본다. 비카는 기침을 하고, 갈라진 땅에 침을 뱉는다.

젠장! 그녀가 말한다.

가끔, 수레를 끌고 온 피로 때문에 비카가 힘들어 하는 순간이 있다.

전에 어땠는지 생각해 봐요. 비카를 달래기 위해 내가 말한다. 지갑은 텅 비었고, 동전 하나 구할 수 없었을 때. 온통 걸어야 할 계단뿐이던 때. 발에도 계단, 주머니 안에도 계단, 단추가 떨어진 카디건에서도 계단이 느껴지던 때. 그 말이 저절로 나왔잖아요. 기억나요? 큰 고통은 아직 안 온 거야, 라고 했던! 그렇게 말하고 나면 생각이 바뀌었고, 비카 당신은 이를 악물며 이렇게 말했죠. 오라고 해! 오라고 해! 곧 닥칠 거야, 킹! 큰 고통이! 빨리 오면 빨리 올수록 더 좋아!

그녀에게 이렇게 말해주고 싶다. 큰 고통은 아직 오지 않았다고.

뭐 좀 먹자, 킹.

오두막의 문은 밖으로 열린다. 반투명 유리 세 장이 붙은 그 문은 잭에게서 얻었다. 문틀 안쪽에, 비코가 양철컵을 걸 수 있는 고리를 세 개 달아 놓았다. 집 안은 비좁으니까.

추운 겨울 밤 땔감을 구한 날이면, 집 안으로 들어설 때 나는 등이 그을릴 걸 감수하고 곧장 철제 난로에 바짝 다가간다. 열이 올라오면 철제 난로에서는 사탕무 뿌리 냄새가 난다.

철제 난로는 쓰레기 더미에서 찾았고, 수레에 실어 생 발레리로 가지고 왔다. 육 킬로미터나 운반하는 데 시간이 오래 걸렸고, 나는 어디를 간든 난로에 새겨진 그 이름을 잊지 않을 것 같다. 두 개의 장미 문양 사이에 새겨진 그 이름, '고댕'.

난로를 구해 온 직후, 철제 조리기도 주워 왔다. 두 사람은 조리기를 식탁으로 사용하고, 오븐에는 먹을 것을 보관한다. 거기서 요

46

리를 한 적은 한 번도 없다.

조리기 위에는 유리병이 있다. 여자들이 과일이나 야채를 담아 두는 병인데, 뚜껑에는 공기가 들어갈 수 없게 고무가 붙어 있다. 두 사람은 유리병을 닫지 않고, 자신이 아끼는 물건들을 넣어 둔다. 이 리터짜리 유리병. 병 안에 든 물건 중 가장 큰 것은 빅 리버 하프라는 이름의 호너사(社)의 하모니카다. 내가 아는 한, 둘 중 누구도 그 하모니카를 분 적은 없다. 그게 보물이 된 이유는, 오래전 여름 두 사람이 야외에서 사랑을 나눌 때 발견한 물건이기 때문이다. 나중에 자리에서 일어날 때 눈에 띄었다고 했다. 유리병 안의 다른 물건에 대해서는 나중에 또 이야기할 생각이다. 유리병 뒤 오렌지색 벽에는 달력 하나가 세워져 있다. 비코가 매달 한 장씩 넘기는데, 매달 다른 종류의 카펫이 그려져 있다. 일월에는 타흐마스프(Tahmasp, 십오세기 이란의 왕—옮긴이)가 썼다는 타브리즈 카펫 그림이 있고, 그 아래 "이것은 카펫이 아니라 하얀 장미인데…"라고 적혀 있다. 이월에는 케르만 카펫, 지금, 사월에는 코니아산(産) 카펫 그림이다. 그 그림 아래에는 이렇게 적혀 있다. "1271년 코니아에 도착한 마르코 폴로는 이렇게 말했다. 이곳에서는 가장 아름다운 색으로, 세상에서 가장 아름다운 카펫을 만든다."

달력은 지난 해 것인데, 예외적으로 이 물건만은 비코가 주워 왔다. 달력을 가지고 온 날 저녁, 그는 두 시간 동안 날짜를 고쳐 써가며 올해에 맞게 수정했다. 달력 바로 위 오렌지색 벽에는 비카의 하얀 별이 빛나고 있다.

식탁과 침대 사이엔 공간이 거의 없다. 침대에 걸터앉으면 무릎과

발이 겨우 들어갈 정도로 좁은데, 지금 비카가 그렇게 앉아 있다. 그녀는 흐느끼고 있다. 내가 관심을 보이지 않으면 비카도 울음을 그칠 것이다.

침대는 오두막의 사분의 일 정도를 차지하고 있는데 문 반대편 모퉁이에 있다. 창문 역시 잭이 넘겨 주었는데, 그는 비코와 비카처럼 나이가 있는 부부가 이런 곳에서 지내는 걸 보고만 있는 건 옳은 일이 아니라고 했다. 그 창문이 침대 위에 있다. 열리지 않는 창문은 남동쪽으로, 바다를 향해 나 있다. 바다가 보이지는 않지만 바다 위 물고기 모양의 구름은 볼 수 있다.

침대 발치가 두 사람이 부엌이라고 부르는 곳이다. 낮은 서랍장 위에 가스통이 달린 버너 두 개가 놓여 있다. 침대 발치와 서랍장 사이는 비카 혼자 겨우 설 수 있을 만큼의 공간뿐이다. 여전히 흐느끼며, 그녀는 말라 버린 빵을 버너에 데운다.

서랍장 옆에 작은 옷장이 있다. 옷장 문을 열면 밖으로 나가는 길이 막혀 버린다.

옷장은 삼단으로 나누어져 있다. 거기에는 두 사람의 옷과 컵, 음식이 담긴 봉지, 빗, 칫솔, 숟가락, 접시, 병따개, 소금이 놓여 있다. 비카는 토스트에 바를 마가린을 찾고 있다. 비어 있는 개 밥그릇 뒤에서 마가린 통을 찾는다. 개 밥그릇에는 그녀가 지난 달에 심은 히아신스가 있다.

알뿌리를 뚫고 잎이 나왔다. 그리고 아직 녹색인 히아신스꽃은 그 모양과 질감이 뱀, 그러니까 비단뱀의 머리를 닮았다. 다음 주면,

꽃은 파란색으로 변하고 그 향기가 오두막 안을 채울 것이다.

나는 비카가 내민 토스트를 거절한다.

가자, 킹. 가서 남은 두 통 마저 채워야지.

일어나서 전과 마찬가지로 엘프 주유소로 간다. 이번에는 화장실 문이 잠겨 있다. 비카가 양손으로 손잡이를 돌려 본다.

치사한 놈 같으니라고! 비카는 욕을 하며 제방을 내려온다. 으깨진 돌 더미에 부츠 뒤꿈치가 박혔는데도 비카는 별 불평이 없다.

잠깐! 내가 말한다. 화장실에 누가 있어요.

비카는 화난 얼굴로 나를 쳐다보며 자리에 앉는다. 십 분 동안 기다린다. 우리 둘 다 아무 말이 없다. 내가 그녀를 툭 치자 한 젊은 여자가 화장실 열쇠와 헤어드라이어를 든 채 나온다. 헤어드라이어 줄이 바닥에 끌린다. 여자의 머리는 촉촉하고 광이 난다.

비카는 위엄있게 젊은 여자에게 다가간다. 비카에게는, 낯선 사람이 자신의 치마에 묻은 얼룩이나 신발 위의 먼지를 눈치채지 못하게 하는 재주가 있다. 걸음을 옮기는 그녀의 몸짓 때문이다. 가슴을 내밀고 걷는 그 몸짓. 자신감은 아니다. 비카의 자신감은 이미 산산조각 난 지 오래다. 그녀가 지금처럼 발걸음을 옮기는 건 다리가 원래 그렇게 생겨서 다르게는 걸을 수 없기 때문이다.

젊은 여자는 머리칼을 가볍게 한번 넘기고 팔을 뻗으며 말한다. 주인 아저씨가 열쇠를 주면서 일 다 보고는 다시 잠그라고 했어요. 드릴 테니까 쓰시고 아주머니가 돌려주세요. 그럼 되죠?

나는 그녀의 것으로 보이는 차를 알아본다. 오펠이다.

내가 돌려줄게요. 비카가 말한다.

얘는 이름이 뭐예요? 젊은 여자가 묻는다. 오른손 손가락에 파란색 보석이 박힌 금반지가 눈에 들어온다. 아마 청금석인 것 같다.

이름?

눈이 되게 똑똑해 보여요!

누군가는 똑똑해야지.

차에 타면 불안해 하지 않아요?

절대! 비카가 말한다. 창문을 조금 내려 주면 바람 맞는 걸 좋아해요. 그렇게 빨리 지나가는 바람 느낌을 좋아하지, 절대 불안해 하지는 않아요.

멀리 가세요?

비카는 나이를 알 수 없는 눈으로 나를 쳐다본다. 암스테르담까지. 그녀가 말한다.

머네요. 젊은 여자가 말한다.

밤새 달리면 내일은 도착하겠지. 비카가 말한다.

여행 잘 하세요! 파란 보석 반지를 낀 젊은 여자는 그렇게 말하고 돌아선다. 그녀의 손은 마치 허공에 걸린 난간처럼 떠 있다.

어서 가요! 나는 그렇게 말하며 코끝으로 비카의 엉덩이를 밀었다.

비코의 말에 따르면, 바빌로니아 사람들은 청금석에도 암컷과 수컷이 있다고 믿었다고 한다. 더 빛나는 쪽이 암컷이었다.

우리는 물을 채운 물통 두 개를 제방 아래로 굴린다. 비카가 수레에 싣는다. 내가 수레를 끌고, 비카는 방향을 잡는다.

집에 도착하고 나서 비카가 맨 먼저 하는 일은 코트 주머니에 있는 주유소 화장실 열쇠를 다른 귀중품과 함께 유리병에 넣는 일이다. 그런 다음 품이 넉넉한 청바지로 갈아입는다. 치마는 생 발레리 안에서만 입는다. 시내에 나갈 때는 청바지와, 필요한 만큼의 스웨터 여러 벌, 그리고 공원에서 주워 온 모자 달린 검은색 외투를 입는다.

누군가 집 앞에 나타나 빛을 가린다. 나는 그가 다가오는 소리, 그 절제된 발걸음을 이미 듣고 있었다. 잭 남작, 비코는 그렇게 부른다. 잭은 덩치가 크다. 머리를 마지막으로 자른 게 언제인지 모르겠다. 눈은 그레이트 데인(Great Dane, 털이 짧고 몸집이 큰 개의 품종—옮긴이)의 눈을 닮았다.

아홉 달 전, 비코와 내가 처음 생 발레리에 들어올 때, 잭은 우리를 받지 않으려 했다. 비코가 어디서 이야기를 듣고 이리 온 건지는 모른다. 나중에 비카에게 어떤 사람이 죽기 전에 이야기해 줬다고, 그러니까 일종의 유산이라고 이야기하는 걸 들었다. 어쨌든 여기에 처음 왔을 때 잭은 우리를 보며 이렇게 말했다.

묻지 마세요! 꽉 찼고, 남은 자리가 없습니다.

돈 낼게요. 비코가 말했다.

돈이 문제가 아니라요, 아저씨. 제가 결정하는 겁니다.

기준이 뭔지 물어봐도 될까요?

보면 압니다. 보니까 아저씨 완전 나사가 풀렸네. 개는 받아도 아저씨는 안 돼요. 가세요!

미안하지만, 아내를 기다려야 합니다. 이리로 오기로 했거든요. 비코가 말했다.

결혼했어요? 개밖에 없는 줄 알았는데.

그래요, 아내가 있습니다.

왜 진작 말 안 했어요? 부인이 혹시 병이 있나요?

아닙니다.

부인이 있다면 받아 줄게요.

결혼한 지 삼십 년도 넘었습니다.

계약금이 얼마인진 알아요?

천오백이라고 들었는데.

누구한테요?

한스라고, 아는 사람인데 죽었어요.

그 사람 나가고 나서 올랐어요. 요즘은 이천오백입니다. 돈 있어요? 없어 보이는데.

이틀만 주면 구해 올게요. 비코가 말했다. 돈을 드리고 나면 어디다 집을 지으면 되나요?

여기요.

여기?

여기 딱총나무 옆이요. 나한테 문이랑 창문이 있는데 이천오백에 같이 줄게요. 나는 개만 있는 줄 알았지, 부인도 있는 줄은 몰랐네. 부인이 있으면 이야기가 다르지.

비코는 카메라를 팔아서 쟉에게 이천오백을 주었다. 양모 양말로 싸서 가방 안에 넣고 다니던 카메라였다. 양말로 싼 덕분에 거리에서 도둑맞을 일도 없었고, 상처가 나지도 않았다. 카메라를 팔 때 나도 함께 갔다. 가을의 막바지였다.

비코는 눈이 올 때 온기를 찾아 공공도서관으로 흐느적거리며 들어가는 사람처럼 보였다. 글을 모르지만 정기적으로 도서관에 오는 사람처럼 보이기 위해 안경까지 하나 주워서 쓴 그런 남자. 백과사전을 찾아보는 여고생이나 구경하는 그를, 사서는 그냥 내버려 둔다. 비코는 그런 사람이 아니다. 그는 평생 동안 수천 권의 책을 읽었지만, 이제 그런 사람처럼 보이게 되었다.

우리는 상점으로 들어간다. 비코의 코끝에 안경이 걸려 있다.

이 캐논 42 카메라로 얼마나 받을 수 있을까요? 그가 묻는다.

바요넷 방식인가요, 스크루 방식인가요?

스크루요.

그렇다면 옛날 물건이란 말인데…, 한번 봅시다.

상태는 완벽해요. 비코가 물건을 건네며 말한다. 35-80밀리 줌렌즈도 달려 있고.

영수증이나 보증서 갖고 계십니까?

이런 젠장. 비코가 말한다.

그 말에 상점 주인은 카메라가 장물이 아닌지 의심한다. 나를 한번 내려다본 주인은 장물임을 확신한다.

어디서 사셨죠?

로마에서요.

로마? 로마는 먼 곳인데. 이제 한물간 모델이라서 팔기가 꽤 어려울 것 같습니다. 죄송하지만 관심 없습니다.

로마에서 산 거 맞아요.

그런데 보증서는 없다고요?

네. 이중 플래시라서 적목(赤目) 현상도 없습니다.

적목 현상은 그거 아니라도 없어요!

상점 주인은 이제 짜증을 내기 시작한다. 그는 비코에게 이렇게 말하고 싶은 듯 보인다. 아저씨 눈이 빨갛네요. 총기도 하나도 없고, 앞으로도 죽 그럴 것 같은데 그만 나가요! 그는 그렇게 말할 준비를 한다.

지금 사장님이 들고 있는 그 카메라로 내가 어떤 사진들을 찍었는지 말해 줄까요? 비코가 나비 목소리로 묻는다.

관심 없습니다. 주인이 말한다.

사장님이 들고 있는 카메라로 이집트 기자의 피라미드도 찍고, 아프로디시아스 스타디움도 찍고, 삼천오백 명이 들어가는 극장이 있는 알제리의 로마 유적지 팀가드도 찍고, 나폴리의 산 마르티노 수도원도 찍고, 낙소스 섬의 키마론 탑도 찍고, 파에스툼의 헤라 신전도 찍었죠.

여행 많이 다니셨네요. 그래도 안 삽니다. 한물갔어요.

상태는 완벽합니다. 셔터 스피드도 완벽해요. 천오백분의 일 초까지.

요즘 손님들은 자동 카메라를 더 좋아한다고요.

이 캐논 42 카메라로 북유럽 사진도 찍을 생각이었어요. 헬싱키 중앙역이나, 위트레흐트의 리트벨트 슈뢰더 하우스, 헤세 대공의 재정 지원으로 만들어진 다름슈타트의 교외 정원 같은 곳 말입니다. 캐논 42 시세가 만 정도는 된다고 들었는데, 급하니까 오천만 주세요.

왜 급하신데요? 주인이 묻는다.

봄이니까. 비코가 중얼거린다.

주인은 카메라를 어깨에 메고, 금전 출납기를 열어 천짜리 지폐 석 장을 꺼냈다.

더 이상은 못 줍니다. 그가 말한다. 이거 받으시든가, 그냥 돌아가 세요.

비코는 돈을 집어 든다.

선택의 여지가 없었어. 거리로 나온 그가 내게 말했다.

이제 나도, 아내가 있으면 이야기가 다르다고 했던 잭 남작의 말이 무슨 의미인지 이해할 수 있다. 부부가 함께 불운을 견디며 살아남는 일은 거의 없다. 서로를 바라보는 것이 서로의 상황을 더 악화시키기 때문이다. 특히 나이 든 부부를 보는 건 드물다. 군인같은 잭의 사고체계에서, 나이 든 부부는 충성을 바쳐야 할 왕족 같은 것이었다.

오늘 아침에 잭은 면도를 하고 머리에는 물을 발라서 바짝 붙였다.

시내에 좀 나가 볼 일이 있는데, 잠깐 여기 계실래요? 그가 말한다. 비워 놓을 수가 없어서요. 너무 위험하니까.

실망시키긴 싫지만, 그이 만나러 가야 하는데. 비카가 말한다.

그럼 킹이 남아 지키게 하죠.

킹은 여기 있을 거예요. 그녀가 말한다.

비카는 기분이 좋을 때면, 입뿐 아니라 목에도 미소가 번진다. 잠시 잭에게 한 방 먹였다는 생각에 기분이 좋아진 그녀의 목에 미소가 보이고, 그 미소가 퍼지며 따뜻한 말이 이어진다.

재킷 예쁘네요. 비카가 잭에게 말한다.

잭은 못 들은 척한다. 다른 사람이 재킷을 알아보기를 바라지만, 거기에 대해 말하는 것까지는 원하지 않는다.

열시에 약속 있으니까, 커피 한잔 줄 거면 얼른 주세요. 그가 말한다.

우유 안 넣고? 그녀가 말한다.

필요 없어요. 그가 말한다.

이미 말했듯이, 잭은 재킷을 직접 만들어 입는다. 마치 종이가 천이라도 되는 것처럼, 재단하고 꿰매서 옷을 만든다. 오늘 아침 입은 것도 꽃 종자 카탈로그로 만들었다. 그는 협죽초(夾竹草) 재킷이라고 부른다. 지도로 만든 다른 재킷도 있다. 둘 다 마름질이 좋고 진짜 재킷처럼 놋쇠 단추도 달려 있다.

시청에 가야 해요. 그가 말한다. 별로 듣기 안 좋은 말들이 들려서.

비카는 선반을 열어 설탕이 있는지 확인한다. 잭은 문간에서 기다린다. 창으로 들어온 빛을 받은 그의 재킷이, 보랏빛이 도는 흰색과 분홍색으로 빛난다.

나는 설탕 없이 먹는데.

우리도 그래요. 그녀도 그렇게 말하지만, 사실이 아니다. 지금 설탕이 없어서 그렇게 말하는 것이다.

어떻게 된 건지 알아보고 경고하려고요. 잭이 말한다. 그는 손잡이에 양머리가 새겨진 주머니칼도 챙겼다.

시청에서? 비카가 묻는다.

금방 무슨 일이 있지는 않겠죠. 잭이 말한다. 비카를 안심시킨 다음, 위험이 닥쳐도 자신이 구해 줄 것임을 확인시키려는 듯, 군인의 미소를 지어 보인다.

그녀는 스카프를 두른다. 시내에 나갈 때는 꼭 스카프를 두른다. 황금빛과 검은색, 두 개가 있다. 나는 비카가 검은색 스카프를 둘렀을 때가 더 좋다. 그게 더 안전하다.

킹은 여기 있을 거예요. 그녀가 말한다.

열린 문 너머로 두 사람이 아르데아티나가(街)로 향하는 모습을 지켜본다. 잭의 재킷 덕분에 비카는 꽃핀 덤불이 있는 버려진 땅을 가로질러 가는 것처럼 보인다. 직접 만든 재킷—모두 네 벌인데, 일요일이나 시내에 나갈 때만 입는다—을 입을 때 잭은 거울에 옆모습을 비쳐보며 속삭인다.

한때 좋은 여자를 알았지.

한때 그녀와 좋은 시간을 보냈지.

그렇게 말할 때면 그는 등을 똑바로 세우고, 군대에서 하사관으로 지낼 때의 몸가짐을 되찾는다.

비카가 뭔가에 걸려 비틀거리고 잭이 커다란 손으로 그녀의 팔꿈치를 받치는 모습이 보인다. 그런 다음 그녀가 그의 팔을 잡고, 시야에서 사라질 때까지 두 사람은 그렇게 연인처럼 걷는다.

이제 생 발레리는 나 홀로 지켜야 한다. 밖으로 나가 쓰레기 더미 위로 올라간다. 이 자리에선 코트 전체를 살필 수 있다. 우리 오두막, 잭의 집, 코리나의 승합차, 대니의 컨테이너, 애나의 벽돌집, 요아킴의 텐트, 솔의 오두막, 알폰소의 거처, 리베르토의 거처.

할 일 없이 있던 중에, 아르데아티나가에서 두 사람이 다가오는 게 보인다. 낯선 사람들. 이쪽으로 산책을 나오는 사람은 없다. 산책하는 사람들이 아니다. 누구도 이유 없이 여기에 오지는 않는다. 나는 선택을 해야 한다. 저 둘보다 내가 빠르다. 훨씬 빠르다. 측면으로 돌아가서 뒤에서 쫓을까. 보통은 쫓는 쪽이 이점이 있으니까. 아니면 통행로로 내려가 정면에서 상대할까. 두 남자는 덩치가 크고, 젊고, 만만하지 않아 보인다. 용병부대의 지휘관이 기꺼이 병사로 뽑을 것 같은 사람들이다. 통행로, 코트의 단추가 채워지는 자리로 내려간다.

내가 유리한 점은 저들이 둘이라는 점이다. 그들도 나를 봤다. 정면에서 상대해야 한다. 둘이 갈라지면, 내가 지는 거다. 둘 중 한 명이 돌을 집어 든다. 나는 천천히, 한 걸음 옮길 때마다 자세를 잡으며, 마치 발을 딛기 전 먼저 땅을 살피고 나서 움직이듯 걷는다. 남자가 돌을 던진다. 빗나간다.

사람은 다른 사람과 함께하는 순간부터 산만해진다. 지금 내가 바라는 것이다. 싸움이 벌어질 수도 있겠다고 두 사람이 생각할 만큼 가까이 다가간다. 둘은 걸음을 멈췄다. 남자가 던진 두번째 돌이 내 머리를 스친다. 둘은 내가 그르릉거리는 소리를 들으며 내 눈을 바라본다.

돌 하나 줘 봐. 두번째 남자가 말한다. 내가 잡을게! 두 사람이 서로를 바라보고, 나는, 아주 짧은 시간 동안, 희망을 품는다.

아주 짧은 시간이지만 개가 자신의 이점을 파악하기에는 충분하다. 새 한 마리가 다시 하늘로 돌아왔음을 —꼬리가 창틀을 완전히 벗어나기 전에— 알아차리기에도 충분한 시간이다. 그렇게 아주 짧은 시간, 두 남자가 고개를 돌리는 순간, 나는 돌을 들고 있던 남자에게 달려든다. 온몸의 무게를 실어 가슴을 덮친다. 남자가 쓰러진다.

그 시점에 나는 영리하다. 한 발 물러나 남자가 도망갈 시간을 주면 둘은 되돌아서 왔던 방향으로 달아난다. 지휘관이 공격을 취소한 것이다. 물러나지 않았다면, 결국 그들이 나를 죽였을 것이다. 그런 타이밍을 배우기까지 개는 시간이 걸린다.

코트를 한 바퀴 돌아 보잉에 가 보고, 마르첼로가 일광욕을 즐기는 자리에서 멈췄다. 거기 누워 눈을 감는다. 졸리진 않다. 누가 다가오면 소리를 들을 수 있다. 바다가 보인다. 나 말곤 아무도 그 자리에 가지 않는다. 나의 해변은 생 발레리에서 남쪽으로 사 킬로미터 떨어진 곳, 바다로 흘러가는 강 건너에 있다. 강 위로 다리가 세 개 있는데, 모두 로마식 아치 장식이 있다. 이제 차들은 그 다리 위로 다니지 않는다. 둘은 정도는 다르지만 허물어졌고, 세 번째 다리에는 풀이 자랐다. 왜 그렇게 가깝게 다리를 세 개나 놓았는지는 모른다. 강은 반지를 세 개 낀 손가락처럼 보인다. 물 위로 제비갈매기와 가마우지, 도둑갈매기가 날아다닌다. 나는 아치 위에 올라가서 다리의 석주(石柱)들 사이로 난 풀들을 밟으며 총총 걸어 다니는 걸 좋아한다. 아래로 보이는 모든 것이 내게서 멀어져 간다, 저 멀리 파도까지. 즐거움이란 건 종종 이런 달콤한 이끌림이 아닐까? 거의 모든 즐거움이?

바다는 평소보다 멀리 물러나 있고, 나는 갈조류 더미의 가장자리에 이른다. 고사리 같은 녹색을 띠는 갈조류 아래는 어둡다. 축축하게 어둡고, 창백한 피부와 빛나는 치아 같은 냄새가 난다. 코가 움찔한다. 모든 곳에 내장(內臟)의 축축하고 선명한 색이 보인다.

뒤얽힌 갈조류 아래에 있던 조개가 금방 껍데기를 닫았다. 딸깍 소리를 들었다. 바위 밑에는 암소의 젖꼭지처럼 생긴 산호가 있는데, 거기선 우유 대신 회색 거미줄 같은 것이 뚝뚝 떨어진다. 귀에 거슬리는 거머리말을 떼어낸다. 해변에서 거머리말만큼 선명한 녹색을 띠고 꼬불꼬불한 건 없다. 거기선 출생의 냄새가 난다.

거머리말 반대편에서 친구를 발견한다. 소라게. 나는 토르니야. 친구가 말한다. 그는 자기 집에 있다. 나는 친구를 토르라고 부른다. 토르는 쇠고둥 껍데기 안에 산다. 지금 그 집 안에 앉아 있는

데, 몸통 뒷부분엔 껍데기가 없어 보호를 받을 수 없기 때문이다. 쇠고둥 껍데기가 없으면 한 시간도 버티지 못한다. 어떤 잡놈이 그를 덮치려고 하면, 쇠고둥 껍데기 안으로 완전히 몸을 숨기고 입구는 오른쪽 큰 집게발로 가린다. 오른쪽 집게발이 왼쪽보다 커서 앞문처럼 사용할 수 있다. 토르는 파란색과 금색 촉수를 가진 말미잘 무리와 함께 산다. 말미잘 무리는 쇠고둥 껍데기 바깥쪽에 붙어 있다.

새 소식 없어? 토르가 묻는다.

없어. 내가 말한다.

함께 사는 게 그들에게 잘 맞는다. 스스로는 움직일 수 없는 말미잘은 토르니 덕분에 이동할 수 있다. 힘이 센 구부러진 앞발로, 토르는 쇠고둥 껍데기를 끌고 이리저리 움직이고, 덕분에 말미잘은 먹이를 더 많이 얻을 수 있다. 매일 밤 먹이를 먹는다. 대가로 말미잘은 토르를 보호해 준다. 흔들리는 촉수에 독이 있어서, 적, 특히 문어의 공격을 막아 주는 것이다.

문제들은 늘 함께 터지지. 토르가 말한다. 이사해야겠어. 껍데기가 이제 작아. 훨씬 큰 껍데기를 찾았는데, 이사를 하고 나면 이 껍데기는 완전히 벗어 버릴까 봐. 지금은 가슴 쪽이 상상도 못 할 정도로 답답해. 문제는, 늘 그렇듯이 말미잘 무리인데, 익숙한 껍데기에서 떨어지는 걸 원하지 않거든. 괜찮다면 킹, 네가 좀 얘기해 봐.

아가. 나는 가장 어려 보이는 말미잘에게 말한다. 먼저 나오면 새 껍데기에서 제일 좋은 자리가 네 차지가 되는 거야.

말미잘은 고개를 돌리고 나를 무시한다.

토르가 주인이야! 내가 성난 목소리로 말한다. 내 말 들리지? 토르가 주인인데, 지금 너네를 쫓아내는 거야. 너네 모두를 말야! 움직여.

말미잘 무리는 금색과 파란색의 촉수를 흔들며 계속 못 들은 척한다.

어두운 데서 함께 기도하자. 토르니가 말미잘 무리에게 말한다. 고통 속에 함께 기도하고, 모두 내 등에 태워서 새 집으로 데리고 갈게, 구원이 있는 곳으로.

말미잘 년들은 빨판을 조이며 헌 껍데기에 더 맹렬히 달라붙는다.

나는 말미잘 바로 위로 가서 조용하게 묻는다. 죽고 싶은 거야? 하나씩 하나씩, 외롭게? 응, 그런 거야?

그 말이 먹힌다. 말미잘 무리는 차례대로 움직임을 멈춘다. 촉수를 거두고 꽃봉오리처럼 몸을 만다. 소라게가 그의 등 위에 싣고 옮기는 동안 가만히 있는다. 한 마리 한 마리, 다시 이사를 해야만 할 때까지, 당분간 살게 될 새 껍데기로 이동한다.

봐, 킹! 토르가 말미잘 무리에 합류하기 전에 말한다. 한번 보라고!

토르는 커다란 어깨에 잔뜩 힘을 준다. 잭처럼 넓은 어깨. 잠시 후

껍질이 갈라지며 조각이 바닥에 떨어진다. 껍질 안의 몸은 분필처럼 하얗고, 표면은 암여우 빛깔이다.

얼른 들어가, 토르. 내가 말한다.

바로 그 순간 작은 돌멩이 같은 게 쏟아지는 소리를 듣고 눈을 뜬다. 잭이 물이 찬 도랑을 피해 돌아오고 있다. 나는 자리에서 일어난다. 아직 멀리 있지만, 잭의 재킷이 찢어진 게 보인다. 나쁜 신호다.

3

오후 한시 삼십분

썩은 물이 고여 있는 도랑 주위를 둘러본다. 며칠 전 거기서 개구리를 발견했다. 용기를 내어 몸을 잔뜩 부풀린 씩씩한 녀석은, 마지막 순간 뜀박질 한 번으로 다시 물속으로 들어갔다. 녹색보다는 흰색에 가까운 몸 색깔이었다. 겨울 동안 개구리 몸은 흰색으로 변하니까.

나는 생 발레리 영역을 벗어나 자갈로 된 제방을 올라 달리기 시작한다. 하늘의 태양이, 개에게 물어오라고 비코가 던진 돌멩이 같다. 내가 말하는 방식은 이상하다. 왜냐하면 나도 내가 누군지 확신이 없기 때문이다. 많은 것들이 공모(共謀)해서 이름을 앗아가 버린다. 이름이 죽고, 심지어 그동안 겪었던 고통도 더 이상 그 이름에 속하지 않는 것 같다. 지금 시내 중심부의 광장으로 가는 길이다.

햇빛을 피하기 위해 이리저리 방향을 바꾸고, 길을 건널 때는 힘차게 걷는다. 사람들은 길거리에서 혼자 달리는 개를 보면 놀라곤 한다. 그 모습에서 도둑질을 떠올리는 것이다. 요즘은 주차된 차나 상점의 진열장, 전선을 둘러친 주택에서 울리는, 귀를 찢을 듯한 경보보다, 달리는 개 한 마리에게서 느끼는 경계심이 더 확실하다. 개를 건드리는 사람이 아무도 없는데도. 모든 것이 사라지고 있지만, 도둑은 보이지 않는다. 도둑은 바다 건너에 있으니까. 덕분에 개가 불러일으키는 작은 경계심은 반갑기까지 하다. 아르데아티나가의 사람들이 나를 쳐다보고, 눈썹을 찌푸리고, 코를 찡긋거린다. 살짝 벌어진 입은 거의 미소처럼 보인다.

한 할아버지가 야영용 접이식 의자를 들고 다니며, 몇 백 미터쯤 걷다가 지치면 자리를 잡고 앉는다.

도시의 많은 벽에 개 그림이 스프레이로 그려져 있다. 녹색 정장을 입은 코뿔소 그림을 지나고, 옷을 입지 않는 자유의 여신상과 '좋은 시간(NICE TIME)'이라는 여덟 글자를 지난다. 스프레이로 그리면 모든 것이 사랑의 이름이 된다. 암소의 간처럼 빨갛고 큰 입술. '위험(RISK)'이라는 단어를 만들기 위해 짝지어진 네 글자.

트럭들이 지나간다. 아이를 업은 엄마는 들고 있던 쇼핑백을 덜 아픈 손으로 옮겨 든다.

아이 세 명이 롤러스케이트를 타고 휙 지나간다. 나도 방향을 바꿔 아이들 무리에 합류한다. 여자아이 둘에 남자아이 하나.

이 순간이 영원하기를! 아이들의 표정이 그렇게 말하고, 아이들은 그 표정에 맞추어 춤춘다. 아주 느리게, 배 위에 부는 바람 안에 있는 갈매기처럼, 자신들의 속도 안에 있는 아이들. 아이들의 다리를 바라본다. 아이들의 다리와 구부린 발목과 앞으로 내뻗는 무릎에, 나도 보조를 맞춘다.

남자아이의 다리는 여자아이의 다리와 다르다! 남자아이의 다리는 땅을 딛기 위한 것이어서, 착지할 때의 충격을 흡수하기 위해 만들어졌다. 함께 도착하는 거야. 남자의 다리는 말한다. 우리 둘이 함께.

여자아이의 다리는 떠나기 위한 다리다. 영원히 떠나는 중이다. 우리는 이제 막 가려고 하는데, 너는 방금 도착했네. 그래서 어디로 가면 되지?

인간은 춤을 추기 위해 만들어졌다. 그렇다. 춤을 추고 있을 때에만 비로소 인간들은 행동하고, 그들이 가진 모든 능력과 재주, 기술과 속임수, 그들이 가진 모든 끔찍한 진실들이 재능이 된다. 순수한 재능. 탱고가 시작된다.

버스가 경적을 울리고, 기사는 손가락을 들어 보이며 욕을 한다. 우리는 같은 자리에서 맴돌 수 있는 곳으로 올라간다. 비둘기들이 있다. 나는 춤추는 아이들 주변을 맴돌고, 아이들의 롤러스케이트와 비둘기가 허공을 가른다.

야! 여자아이 하나가 나를 부른다. 한쪽 다리는 허공에 걸려 있고,

다른 쪽 다리는 힘을 받기 위해 구부린 상태다. 배고프지, 그렇지?

개가 너무 말랐어!

이름이 뭐니? 이름을 말해 줘!

이름표가 있는데….

보여?

조심! 겁주지 마. 사나운 녀석일지도 모르잖아.

누구네 개일까?

아까 빅맥 남은 거 좋아할지도 몰라. 이리 와!

여자아이는 배낭에서 종이상자를 꺼내 열고는 반쯤 남은 빅맥을 내 앞에 내려놓는다. 몸을 숙일 때 롤러스케이트 신은 뒤꿈치를 살짝 드는 바람에 발목이 가볍게 떨린다. 나는 햄버거를 미친 듯이 먹고 그곳을 떠난다.

아이들 중 아무도, 이제 웃지 않는다. 허공에 걸린 팔이 느릿느릿 움직이고, 손에는 아무것도 느껴지지 않는다. 운명적인 느낌은 이제 사라지고 없다.

달리기를 멈춘다. 걷는다. 고개를 들고, 등을 곧게 펴고, 목적지를 정확히 알고 있음을, 거기 누군가 나를 기다리고 있음을 드러내기 위해. 그렇게 하지 않으면 버려진 개처럼 보일 위험이 있다.

오랫동안 만나지 못했던 두 여인이 우연히 길모퉁이에서 마주친다. 비카보다도 나이가 많은 할머니들이다. 내가 보기엔, 서로 껴안으려고 하지만 등이 굳어서 몸을 기울이는 게 쉽지 않다. 그래서 두 할머니는 껴안을 수 있게 서로 무릎을 굽혀 포옹한다. 그런 다음 서로의 볼에 입을 맞춘다.

광장에 나올 때마다 비카는, 시간이 있으면, 산타마리아 교회에 들른다. 비코는 절대 교회에 가지 않는다! 그 작은 차이가 나중에 말할 거리가 된다. 미래가 없으면 말할 것도 거의 없기 때문에 어떤 주제든 환영이다.

산타마리아에 갔었어? 비코가 묻는다.

당연하지. 비카가 말한다.

기도도 하고?

그럼! 당신을 위해 기도하고, 킹을 위해 기도하고, 나를 위해서도 기도했지. 우리 모두를 위해 기도했어. 교회가 조용하던데. 당신이 낮잠을 잘 수 있을 정도로.

기도할 때면 사람들은 비둘기처럼 시끄럽게 재잘대지! 비코가 말한다.

따뜻하기까지 했어. 비카가 말한다.

두 사람은 광장 한쪽, 신발 할인매장의 배달용 출입문 옆에 자리를 잡았다. 겨울이었고, 둘은 밤을 판다. 비코는 토털사(社)의 드럼통을 이용해 화로를 만들어, 수레에 싣고 다녔다.

밤을 구울 때면 그을린 나무 냄새와 좋은 고기 냄새가 난다. 이른 아침이라고 해도, 길 건너의 주정꾼까지 그 향을 맡을 수가 있기 때문에 소리 질러 손님들을 부를 필요가 없다. 비코는 소리를 지르느니 차라리 굶어 죽는 쪽을 택할 사람이다. 밤을 팔 때는 식욕을 돋우는 냄새가 그의 수고를 덜어 준다. 비카가 있으면 그녀가 소리를 지른다.

밤이 타지 않게 뒤집을 때면, 비카는 외투 주머니에 넣고 다니는 낡은 찻숟가락을 사용한다. 비코는 손가락으로 뒤집는다. 그래서 손가락에 굳은살이 박혀, 물고기 비늘까지는 아니더라도, 새우 껍질처럼 번들번들하다. 따뜻하고 건조한 그 피부는 컵케이크 밑에 깐 종이처럼 보인다.

역, 도서관, 기차, 계단…. 그래, 그런 데선 잘 수 있지만, 여보, 나는 교회에서는 못 잘 것 같아!

나도 교회에선 안 자.

당신이 내가 교회에서 잠들거라고 해서 아니라고 한 거야.

다 익었네. 비카가 밤 이야기를 한다. 종이에 싸도 될 것 같아.

밤은 굽기 전에 칼집을 내야 한다. 그러지 않으면 터진다. 위에서 시작해 아래쪽으로 한 번. 그렇게 한 다음 불에 올리면, 칼집 때문에 숨어 있던 속이 단추를 채우지 않은 코트처럼 벌어진다. 어느 부분은 가루가 되고 또 다른 부분은 주름이 진 뜨거운 속이, 터질 듯 부풀어 오르며 제발 먹어 달라고 외치는 것 같다.

한쪽의 하수구와 반대쪽 건물 입구의 감시 카메라를 피해 신중하게 보도를 걸으며, 나는 길 건너 비카의 산타마리아 교회를 바라본다. 기둥들이, 마치 종탑이 턱을 괴고 있는 손의 손가락처럼 보인다. 귀와 머리 뒤로 하얀 구름이 서쪽에서 몰려온다. 종탑은 재미있다는 표정이다. 입을 활짝 벌리고 있다. 산타마리아 교회를 바라보며 나는 내가 걷고 있다는 사실을 잊어버린다. 너무 늦게 깨닫는다.

이런 똥개 같으니! 개 한 마리가 으르렁거린다.

그러는 너는, 로트와일러, 너는 짭새들을 위해 일하잖아! 내가 처한 곤경을 파악하고 대답한다.

한쪽 귀가 뜯겼네. 나머지도 뜯어 줄까? 로트와일러가 위협한다.

잘 봐, 이 회색 똥개야! 창피하게 짭새들을 위해 일하는 녀석 같으니. 이빨을 확 뽑아 버릴 테니, 보라고!

녀석은 짧은 개줄에 묶여 있어 나를 건드릴 수 없다. 그래 봤자 경찰의 탐지견일 뿐이다. 녀석의 주인은 허리띠에 권총을 차고 있고, 손가락이 굵다. 지금 그 주인은 호텔 입구에 서서 택시에서 내리는 아가씨를 보고 있다. 호텔 앞에선 체리색 제복을 입은 남자 셋이 짐 가방을 정리하고 있다. 나는 털 하나도 움츠려서는 안 된다. 로트와일러가 눈치챌 것이다. 바로 강한 인상을 줘서, 녀석이 주인에게 알릴 수 없게 해야 한다. 그러지 않으면 몰매를 맞게 된다. 내가 조금도 두렵지 않다는 것을 보여야 한다. 내 뒤에도 누군가 있음을, 수없이 많은 연줄이 있고 헤아릴 수 없는 특권이 있음을 보여야 한다. 그런 용기는 어디에서 나오냐고? 땅에서, 앞발을 타고 올라온다.

이빨을 확 뽑아 버릴 테니, 보라고! 내가 말한다. 바로 지금! 물어볼 것도 없어!

마침 일이 하기 싫어지려는 참이던 로트와일러는 내 모습에 넘어간다. 이마에 주었던 힘을 풀며 두 눈이 원래 자리로 돌아가고, 그동안 주인은 아가씨의 엉덩이만 쳐다본다. 나는 계속 걷는다. 심장이 갈비뼈에 울릴 정도로 뛴다.

밤에 칼집을 내려면 좋은 칼이 있어야 한다. 튼튼하고 예리하고, 너무 크지 않은 칼. 왼손 엄지와 나머지 손가락 사이에 밤을 쥐고 오른손에 단단히 쥔 칼로 한 번에 가른다.

어릴 때는 뭐가 부자인지 아니? 비코가 언젠가 기분이 좋을 때 내게 물었다. 어릴 때는 한쪽 주머니에 칼 한 자루, 그리고 다른 주머니에 손전등 하나만 있으면 부자란다.

아니지. 비카가 말한다. 어릴 때는 표지가 빨간 가죽으로 된, 전화번호 수첩만 있으면 부자야.

며칠 후, 군밤 화로 옆에 누워 있는데 갑자기 생각이 하나 떠올랐다. 세상이 너무 나쁘잖아, 신이 떠난 게 분명해. 비코에게 어떻게 생각하는지 물었다.

대부분의 사람들은 반대로 생각할걸. 그가 주저 없이 대답했다.

그렇게 말하며 비코는 다 익은 뜨거운 밤 몇 개를 비카가 옛날 잡지를 스테이플러로 집어 만든 봉투에 담았다.

숲 생각을 하고 있어요. 내가 말했다.

너는 매일 숲 이야기구나. 그가 말했다.

아뇨, 계절에 따라 달라요.

향수, 말 뒤 페이(mal du pays), 노스탤지어.

숲에 비치는 햇빛을 보면, 세상이 아름답다고 인정할 수밖에 없어요. 내가 비카를 똑바로 쳐다보며 말했다. 비카는 신발가게의 배달용 출입문에 등을 기댄 채 앉아 있었다. 세상은 잘 만들어졌어요. 잎사귀 하나까지. 단지 인간들이 사악할 뿐이죠.

그 말은 맞아. 그녀가 말했다. 인간들이 문제지.

몹시 사악한 인간들 중에는 여자들이 많았지. 비코가 말했다.

여자는 자작나무처럼 아름다워요. 내가 말했다.

킹, 너는 무슨 말인지도 모르고 지껄이냐!

저는 신(神) 이야기를 하고 있는 거라고요. 두번째 봉투가 다 차고, 비코는 손가락을 식히려고 허공에 흔들어 댔다. 신 이야기요. 인간들의 세상만 사악하고 나머지가 그렇게 잘 만들어진 거라면, 악의 편에 있는 어떤 힘이 있어야 하니까요. 그렇지 않다면 말이 안 되잖아요.

무지와 어리석음이지. 비코가 새 밤을 화로에 올려놓기 전에 칼집을 내며 말한다.

사악한 짓을 하는 건 무지한 사람들이 아냐. 비카가 말한다. 영리한 사람들이지.

악의 편에 힘이 있다면, 선의 편에도 힘이 있어야죠. 그렇잖아요? 그게 신이라는 거죠. 내가 말했다.

세상에, 밤이나 하나 던져 줘요!

모든 것이 숲처럼 아름다웠다면, 절대 신을 믿지 않았을 거예요. 내가 두 사람에게 말했다. 신을 믿는 건 더러운 것들 때문이라고요.

둘 다 대답이 없었고, 잠시 후 나도 더 할 말이 없었다.

비코가 쓰는 칼의 손잡이는 양 뿔로 만들어졌다. 칼을 접으면 비코의 손바닥 폭보다 조금 길다. 칼을 열려면 딱 소리가 날 때까지 당기고, 다시 넣을 때는 칼등을 누르며 접는다. 강철로 된 칼날의 모양새는 탱고를 추는 여인을 닮았다.

뒷골목의 지름길로 간다. 나만 생각하면 그쪽이 더 안전하다. 마치 그 골목에 속한 개처럼 보인다. 하지만 이쪽 골목은 잠을 자기에는 위험하다. 밤이면 여기 사는 사람들이 돌아오는데, 그들은 이 거리가 자기 집 거실이라도 되는 것처럼 필요하거나 하고 싶은 일쯤은 멋대로 해도 된다고 생각한다. 이 좁은 골목은 최후의 밤과 비슷해서 잠시도 허비할 수 없다. 골목 안 좁은 방에선 창녀들이 몸을 팔고, 포주들은 총을 차고 다닌다. 지금처럼 햇빛만 내리

쬐는 고요한 오후에 들리는 것이라곤 테니스공 소리뿐이다.

골목 끝 싸구려 생선 요리를 파는 식당이 있는 공터에서 소년 하나가 테니스공을 벽에 던지며 놀고 있다. 지금 식당은 문을 닫았다. 소년은 스스로 생각하기에 꽤 오랫동안 공을 가지고 놀았다. 이젠 시들하다. 벽과 공의 특징은 완전히 익혔고, 그 둘도 소년만큼이나 의욕이 없다.

작은 변화를 주기 위해—뭔가 바꾼다는 건 말뿐인 사람들이 생각하는 것보다 훨씬 어렵다—, 소년은 벽을 맞고 되돌아온 공이 오물이나 휴지, 개똥, 생선 뼈가 널브러진 보도블록에 닿기 직전에 잡기로 한다. 공이 날아오는 것을 보며 기다린다. 변화를 어렵게 하는 그 힘과 하나가 되어 아무것도 하지 않는 시간을 즐기다가, 몸을 숙여 공이 지면에서 주먹 하나 높이에 이르렀을 때 잡는다. 두번째는 공이 조금 세게 튄다. 늘어난 듯한 시간을 기분 좋게 기다리다가 무릎을 굽히고 두 발목 사이에서 공을 잡는다.

세번째는 계산을 잘못해서 공이 땅에 닿는다. 소년은 아무것도 하지 않았다. 전과 마찬가지로 기다렸지만, 조금 길었을 뿐이다. 소년은 벽을 바라보고, 벽은 공을 바라본다. 공은 굴러가다 빈 맥주 깡통 앞에서 멈춘다. 공이 소년을 바라보고, 소년은 기지개를 켜며 계속 기다린다. 생선 요리집 옆에선 고양이 세 마리가 배고프고 졸린 듯 기지개를 켠다.

결국 소년은 그게 자신의 임무라는 듯 공을 집어 들고 벽 앞 원래 자리로 돌아온다. 다시 시작할 것이다. 다른 일이 없으니까.

바로 그 순간 내가 소년 앞에 모습을 드러낸다. 소년의 눈이 조금 커진다. 야! 소년이 말한다.

나도 입을 연다.

같이 놀래?

소년이 공을 바닥에 튕기고, 나는 뛰어오르지만 공을 물지는 않는다. 물어야 할 이유가 있나?

놀자! 소년이 말한다. 이렇게 하는 거야. 내가 벽에 공을 던지고, 공이 튕겨 나오면 나보다 먼저 네가 무는 거야. 네가 놓치면 내가 이기는 거고.

내가 물면?

네가 먼저 물면, 좀 더 어려운 걸 해 보자! 어때?

어떤 거?

소년은 처음으로 미소를 짓는다.

소년이 공을 던지고 나는 움직이지 않는다. 소년은 공이 내 앞으로 오게 다시 던지고 나는 쉽게 잡는다.

좋아, 해 보자! 내가 말한다.

이번에는 두 벽이 만나는 모퉁이에 힘껏 던지자 공은 정신없이 여러 번 튄다. 나는 처음 보지만 소년에겐 익숙한 상황이다. 소년은 바른 위치에 서고 나는 그러지 못한다. 말했듯이 뭔가 바꾼다는 건 말뿐인 사람들이 생각하는 것보다 훨씬 어렵다.

소년이 같은 수를 한 번 더 쓰고, 이번에는 나도 제대로 자리를 잡는다. 우리는 함께 뛰어올라 허공에서 부딪치곤 공을 놓친다. 소년이 내 위로 떨어지고, 그렇게 둘 다 땅에 누워 웃음을 터뜨린다.

내가 일어나 공을 집어 온다.

이리 줘! 소년이 소리친다.

나는 공을 문 채 달아나고 소년이 뒤쫓는다. 갑자기 몸을 돌려 소년을 마주한 나는 입을 벌려 공을 내려놓는다.

어떤 게임이 시작될 거라 생각한다. 이제 넷, 넷이면 게임이 가능하다. 소년, 공, 벽, 그리고 나.

소년은 공을 아주 높이 세게 던진다. 막힌 벽에 창이 있었다면 아마 이층 높이만큼 올라갔을 것이다. 그 아래 개가 만든 작품이 있다. 소년의 키보다 조금 더 높은 곳에 토르니의 말미잘처럼, 커다란 꽃봉오리 모양의 빨갛고 하얀 글씨들이 웅크리고 있다. 오직 개만이 그 글씨들을 쉽게 읽을 수 있다. 거기 '도망가지 마'라고 적혀 있다.

벽을 맞고 튄 공이 빠른 속도로 회전하며 내 오른쪽으로 날아온다. 이미 예상을 한 나는 그쪽으로 움직인다. 허공에 뛰어올라 공을 물고는 잠시 멈춰 균형을 잡고, 소년의 발 앞에 가볍게 던져 준다.

자, 해 보자고! 우리 넷이 함께 말한다.

소년이 공을 다시 던지고 내가 잡는다. 다시, 또 다시.

매번 다르다. 매번 공과 벽의 각도와 소년과 나는 다른 게임을 하지만 그건 여전히 같은 게임이다. 매번 우리 넷은 더 빨리 움직이고, 직전의 선수가 다음 선수에게 어디로 움직일지 알려 준다.

그 거대한 손아귀 안에서, 수영하는 사람의 몸을 받쳐 주는 바다처럼 속도가 우리를 떠받친다. 덕분에 순식간에 우리는 스스로의 깊이에서 떠오르고, 발은 더 이상 땅에 닿지 않는다.

점점 더 빨라진다. 공이 반짝이고, 소년은 소리 지르고, 햇빛을 받은 벽이 각도를 바꾸고, 나는 뛰어오른다. 나머지는 아무것도 존재하지 않을 때까지. 우리가 뭔가 바꿀 때, 그 변화는 말뿐인 사람들이 생각하는 것보다 훨씬 빨리 일어난다. 고양이들은 달아났다. 속도가 우리 모두를 굴복시킨다.

벽 아래쪽에 개만 알아볼 수 있는 글씨로 '세상의 끝'이라고도 적혀 있다. 소년이 공을 너무 낮게 던져 세상(WORLD)의 W자를 맞춘다. 벽의 각도는 그 공까지 튕겨낼 수는 없고, 나도 공을 놓친다.

곧 숨이 찬 우리는 잠시 쉰다. 더 이상 숨이 남아 있지 않다. 공은 공터 반대편으로 굴러가 멈춘다. 벽의 각도도 햇빛 속에 흐릿해진다. 소년과 나는 웃음이 멈추지 않는 입을 서로의 어깨에 묻고, 우리 귀가 맞닿는다.

소년이 숨을 가다듬는다.

대단한 날이야! 소년이 말한다. 눈을 커다랗게 뜨고, 미소를 띤 입술이 살짝 흘러나온 콧물 때문에 조금 반짝인다. 나는 소년을 훑는다.

오늘 아침 생 발레리로 돌아온 잭도 똑같은 말을 했다.

대단한 날이야! 잭이 말했다.

누군가 그를 끌어내기 위해 목 뒤에서 당긴 것처럼 재킷이 찢어졌고, 자신을 끌어내려는 사람에게 한 대 먹이려고 몸을 급히 돌리기라도 했는지 왼쪽 소매는 떨어져 나가고 없었다. 무슨 일이 있었는지는 물어보지 않았다.

서둘러 돌아온 게 틀림없었다. 땀을 비 오듯 흘리고 있었고, 땀의 소금기 때문에 눈에도 눈물이 그득했다.

지금 할 일 없냐, 킹? 그가 물었다.

나는 고개를 끄덕였다. 잭은 인상을 찌푸리며 어깨 사이로 목을 한 번 움츠렸다. 잘 들어. 그가 말했다. 시내에 나가서 여기 사람들 누구라도 만나면 —코리나만 빼고— 얼른 돌아오라고 해. 최대한 빨리!

안 좋은 일이에요?

질문이 너무 많구나.

본성인걸요!

오늘은 농담할 날이 아니다, 킹.

그는 고개를 들고 아르데아티나가 너머 시내를 돌아보았다. 하나가 보이면 다른 하나는 보이지 않는다. 사무실 건물들이 하늘에 닿을 듯 뻗어 있다. 하늘은 보이지 않는 바다 위에 걸쳐 있다. 창문들이 반짝인다. 크레인이 돌아간다. 귀에 울리는 윙윙거리는 소리. 잭은 무언가를 찾고 있는 것 같았다. 이런 식으로 시간을 버는 남자들이 있다. 그렇게 번 시간 동안 그들은 더 강해진다. 익숙했던 고독과 견딤의 시간들을 떠올리며 거기서 다시 힘을 얻는다. 반응이 늦은 남자들, 그들은 믿을 수 있다.

사람들이랑 같이 생각할 게 있다. 그가 말했다. 이미 끝난 건 아니야, 절대 끝난 건 아니지. 누구라도 만나면 데리고 돌아와. 착하지?

잭은 결연한 걸음걸이로 자신의 거처로 향했다.

공터의 소년은 함께 오고 싶어했지만, 나는 안 된다고 말한다. 소년은 여기 있어야 한다. 어디 사는지 내가 물어본다.

아무도 우리가 했던 것만큼 빨리 할 순 없을 거야! 소년이 외친다.

그렇게 소년을 남겨 두고, 아벤틴 구역으로 이어지는 통로로 미끄러지듯 들어갔다. 거기엔 발코니가 있는 사층짜리 높은 건물이 하나 있고, 그 발코니엔 옷을 입지 않은 여자들의 조각상이 있다.

은밀하게 즐겨야 할 것 같은 대상들을 공공예술에서 드러내는 건, 확신에 찬 문명의 특징이라고 비코가 말했다.

여행 가이드 해 드립니다! 비카가 날카로운 목소리로 외친다.

맨 위층 모퉁이에 있는 여자 조각상, 새하얀 가슴에 새똥이 묻은 그 조각상은 오른손으로 콘크리트 벽을 가리키고 있다. 그녀가 가리키는 곳을 따라 가면, 거기에 개만 알아볼 수 있는 글씨로 '미친 놈, 제정신이 아닌 놈'이라고 써어 있다. 오른쪽으로 돌면 쪼그라든 손이 파란색으로 그려진 골목이 나온다. 골목은 기차역의 철제 계단으로 이어진다.

그 계단 아래서 매일 아침 아킬레스를 볼 수 있다. 보통은 베인 흉터가 있는데 녀석이 싸움을 걸어서 사람들이 병을 던지기 때문이다. 녀석은 야만적인 희생자다. 그런 희생자가 여기 많다. 야만적인 승자는 알아보기가 훨씬 어려운데 왜냐하면 그들의 야만성은 승리에 가려 보이지 않기 때문이다. 패배한 자의 야만성이 당신을 노려본다. 대부분 아침에는 아킬레스의 얼굴에 피가 묻어 있다.

녀석이 잠을 청하기 위해 계단 아래 누우면 암컷이 이상한 자세를 취한다. 뒷다리는 그대로 보도 위에 붙인 채 몸의 나머지 부분을 전사 아킬레스 위에 걸친다. 매일 밤 암컷은 그런 자세로 가련한 짝짓기 상대를 자신의 무게로 감싸 안는다. 상대가 한 가지만 기억하고 나머지는 모두 잊을 수 있게.

데이트를 원해
　　반쯤 부러진 손목을
걸친
　　발판 위에서
깨끗한 손톱이나 옷깃은
　　옛날 얘기지

지금 풀지 마
　　　매듭을
그냥 발길질 한 번이면
　　　얼른
사라질 거야

트렙타워 공원을 지난다. 왼쪽은 무덤 냄새가 나는 구시가지의 붉은 벽돌담이다. 여기선 어디를 가도 땅 밑에 죽은 자들이 있다. 나무에는 올해 처음 나온 잎들이 달려 있다. 수백만 개의, 아직 말을 배우지 못한 아이들이 내는 소리처럼 속으로 말린, 창백한 나뭇잎. 목련이 활짝 피었고, 나무 옆 잔디밭엔 꽃잎들이 떨어져 있다. 마치 아주 작은 브래지어의 컵처럼.

입 닥쳐! 비카가 낮은 목소리로 말한다.

나는 나무에 오줌을 눈다. 오줌을 누는 동안 벤치에 앉아 휴대전화로 통화를 하는 어떤 남자를 지켜본다. 남자의 재킷은 책의 재킷처럼 근사하게 재단되어 있지만 종이가 아니라 좋은 천으로 만들어졌고, 흰색 줄무늬가 들어가 있다. 흰색 줄무늬 덕분에 재킷에선 금속성 광택이 난다. 휴대전화는 검은색이다.

좋은 일이니까 사는 겁니다. 남자가 말한다. 우선권이 있고요, 수익금도 들어올 겁니다. 그럼요, 말하나 마나죠….

알폰소가 부르는 패자의 노래 중에 목련에 관한 곡이 있다. 이건 겨울 노래야, 라고 알폰소는 설명한다. 지하철 안이 따뜻해지고 승객들의 신발은 축축해지는 계절, 일주일 밤낮을 지하철에서 지

84

내고 나면 절대로 자기 발로는 나올 수가 없는 계절, 누군가 강제로 몰아내야만 하는 계절.

늦었습니다. 금속성 광택이 나는 재킷을 입은 남자가 휴대전화에 대고 말한다. 저쪽이 제안을 받아들였어요! 안 됩니다, 선생님. 그러시면 안 되고요. 그렇게 하시면 제가 거짓말쟁이가 되니까요. 안 돼요.

남자가 눈을 아주 가늘게 뜨고 주변을 살핀다. 비디오 게임을 하는 사람의 눈 같다.

네, 제 말이 그겁니다. 저를 거짓말쟁이로 만드시는 거예요. 그런 조건이라면 일을 못 합니다.

가장자리가 보라색인 올해 첫 데이지꽃이 잔디 사이에 모습을 드러낸다.

잘 들으세요. 이건 경곱니다. 그가 말한다. 경고하는 거예요. 지금 수요일 오전이니까 내일 오후까지 확답이 없으면요, 내일입니다, 목요일. 그때까지 확답이 없으면 제가 직접 건너가겠습니다. 제가 뭘 들고 갈지는 선생님도 잘 아시죠?

남자는 목이 막히는지 침을 삼키느라 분홍색 귀까지 꿈틀한다.

목요일 오후까지 시간 드리죠. 목요일 오후까지 선생님한테서 확답이 없으면 제가 갑니다. 분명히 아셨죠?

그는 전화를 끊고 소매 끝을 펴서 다듬는다. 옷깃도 다시 한 번 만진다. 그의 턱은 아직도 어린 소년처럼 앞으로 튀어나와 있다. 허세가 사라지고 나면 어떤 일이 벌어지는지 그는 모른다. 계속 이기는 한, 그는 한 명의 소년으로 남을 것이다.

남자는 물을 터는 것처럼 휴대전화를 흔들다가 다른 곳에 전화를 건다. 생각보다 일찍 갈 것 같아, 자기야. 그가 말한다. 훨씬 일찍 갈게.

목소리를 들으니 통화 상대는 여자다. 이제 그는 상대의 말을 듣고 있고, 이야기를 들으며 주머니에서 계산기를 꺼내 숫자판을 누른다. 남자는 고개를 든다.

꺼져! 그는 소리치며 빈손으로 나를 향해 돌을 던지는 시늉을 해 보인다. 꺼지라고!

나는 남자를 무시한다. 여기 공원의 흙에서는 방치된 냄새가 난다. 오십 년쯤 사람이 살지 않은 집처럼.

조금 전 장난을 걸고 싶어 하는 다람쥐 한 마리를 곁눈으로 보았다. 이봐, 뱃사람, 너는 어디서 왔니? 다람쥐는 물을 것이다. 하지만 흙에선 방치된 냄새가 나고, 죽은 이들이 너무 많이 이곳을 떠났다. 수 세기 전 이곳을 떠나, 돌아올 의사가 전혀 없는, 그들의 부재는 점점 더 날카롭게 드러나고 있다. 그들의 마음은 누그러지지 않을 것이고, 영원히 가 버렸다는 사실이 하루하루 지날수록 더 분명해지고 있다.

금속성 광택이 나는 재킷을 입은 남자가 다른 곳에 전화를 한다. 오늘 저녁 런던 가는 비행기로 예약해 줘. 그가 말한다.

가까이 다가가 남자를 위협한다. 의도했던 행동이다. 남자도 게임의 규칙을 알고 있기에 만반의 준비를 한다. 하지만 내가 짖는 소리는 게임에 없었고, 남자 안의 소년은 내 이빨에 질려 버린다. 남자는 으르렁거리는 내게서 눈을 떼지 못한다.

남자의 눈을 노려본다. 그가 골목으로 달려갈 것처럼 시늉을 하자 나는 뒤꿈치에 대고 한 번 더 짖는다. 남자는 펄쩍 뛰어서 벤치 위로 올라간다. 눈이 텅 비어 있다. 나는 그가 꼼짝 못 하게 길에 자리를 잡는다. 벤치에 올라선 남자는 어쩔 줄을 모른다.

착하지. 그가 말한다. 착한 개지, 그렇지?

나는 귀를 바짝 세우고는 아무것도 못 들은 척한다.

어디 사니? 그가 다정한 목소리로 묻는다. 집은 있어?

나는 으르렁거린다.

우리 친구할까, 어때?

그는 내가 말을 할 수 있다는 사실을 모르지만, 이런 상황에서는 내가 대답해 주기를 바란다.

나는 아무 소리도 내지 않는다.

있잖아…. 그가 마치 어린이에게 하듯 천천히 말한다. 내가 오늘 아직 할 일이 많거든.

운 좋은 줄 알아! 내가 갑자기 대답한다.

그는 크게 놀란다. 너무 놀라서 휴대전화를 재킷 주머니에 넣은 다음 멍하니 서 있다. 두 손을 가랑이 사이에 끼운 채로.

세상에! 그가 낮게 탄식한다.

곁눈으로 다람쥐가 다가오는 걸 본다. 조금 더 남자를 바라보다 죽은 이처럼 나도 떠난다.

돌아보니 남자는 길에 내려와 손으로 바지를 털고 있다.

아침 사 주지 않을래? 다람쥐가 묻는다. 내가 아직 아침을 못 먹어서 말이야.

공원 외곽의 계단을 오른다. 언덕길을 오르면 성 아고스티노 교회가 있고, 거기서 바다를 볼 수 있다.

비코와 비카에게 산책 가자고 할 생각이다. 내겐 어부인 친구가 있다. 이름은 안데르스. 눈이 파랗고, 일 년 내내 양모 모자를 쓰고 다니고, 얼굴은 맛조개색이다. 친절한 사람은 아니어서 엄격함에 있어서는 따를 자가 없다. 타고 다니는 배 이름은 갈레나(Galena)인데, 돌멩이 이름이다.

안데르스와 함께 고기잡이를 나가곤 했다. 나는 갑판 위에 누워 해안의 바위를 바라보았다.

뭘 그렇게 행복한 표정으로 보는 거야? 그가 말한다. 아무것도 모르면서.

바다에서 헤엄치는 개는 작은 고래처럼 보이고, 작은 고래는 뱃사람들의 친구다. 뱃사람들과 함께했던 다른 삶에 대해서는 희미한 기억만 남아 있다. 가끔은 짝짓기를 하고 난 다음 바다 생활의 기억이 떠오르곤 한다. 지금보다는 농담을 더 많이 하고 지냈던 삶. 웃음이 더 많지는 않았지만 농담은 많았다.

비코는 작은 고래와 개는 아무 상관이 없다고 한다. 작은 고래 (porpoise)는 'porc'라는 단어에서 왔는데, 그건 '돼지(pig)'라는 뜻이라고. 이름이 얼마나 잘못 붙여질 수 있는지를 보여 주는 예라고 하겠다. 세상에 있는 것들 중 절반 이상이 잘못된 이름을 갖고 있다. 사람들은 이름 붙이는 데는 재주가 없다.

안데르스의 배 갑판에 있으면 행복이 찾아온다. 그 이야기를 두 사람에게 해 주고 싶다. 행복이 찾아오는 이유는 갈레나의 갑판은 더 이상 도시가 아니기 때문이라고, 도시에서 벗어나기 때문이라고. 땅에서는 어디를 가든, 얼마나 멀리 가든, 어떤 자리를 차지하게 마련이다. 그 자리를 떨쳐낼 수가 없다. 안데르스의 배는 ─육지에서 일 킬로미터밖에 떨어지지 않았지만─ 도시에서 벗어난다. 그 이름이 더 이상 나를 숨 막히게 하지 않고, 배는 출렁인다.

추운 날에는 북서쪽에서 차가운 공기가 닥쳐오고, 파도에서는 물방울이 튄다. 그것 말곤 아무것도 오지 않는다.

배는 파도를 타고 안데르스가 원하는 곳으로 간다. 바다에서는 그렇게 갈 길을 찾을 수 있다. 그 이야기를 비코에게 해 줄 생각이다. 갈레나의 갑판에서 비카가 노래를 할 거라고 말해 주고 싶다. 두 사람이 원한다면 돌아오지 않아도 된다. 거긴 아주 깊으니까.

4

오후 세시

무는 팔리지 않는다. 비코는 신발가게의 배달용 출입문에 앉아 있다. 신발가게 진열장에는 "두 켤레 사시면 두번째 신발은 절반 가격에 드립니다"라는 안내문이 늘 붙어 있다. 비코는 꾸벅꾸벅 고개를 끄덕이고 있다. 건물 벽의 튀어나온 부분에 앉은 비둘기가 더 빨리 목을 끄덕인다. 놀랍게도 비카가 보이지 않는다. 반대 경우라면 놀라지 않았을 것이다. 비코는 길을 잃을 수 있지만 비카는 아니다. 아마도 어디서 맥주를 마시고 있을 것이다. 노래를 하고 있을지도 모른다.

비코는 눈을 감고 있다. 조는 것은 아니다. 자고 싶을 뿐이다. 무를 담은 종이상자는 그의 왼손 옆 보도에 놓여 있다. 오른쪽에는 두번째 수레를 사슬로 묶어 두었다. 사슬 때문에 수레를 훔치는 건 어려워 보인다. 무는 생긴 게 방금 캐낸 사탕무 같지만, 흰색 사탕무는 없다. 보도를 짚고 있는 비코의 손가락이 떨린다. 무의 하얀색은 알루미늄을 떠올리게 한다.

남쪽에서 온, 송로(松露)버섯을 캐는 암캐 한 마리를 알고 지낸 적이 있다. 그 암캐의 말에 따르면 주인이 이만이나 주고 샀다고 했다. 그 정도로 나를 가지고 싶어 했단 말이지! 암캐는 혀를 쭉 내민 채 그렇게 말했다. 우리가 함께 일하는 걸 네가 봤어야 하는데! 구월에, 아직 해가 길 때면 하루에 오륙, 아니 칠 킬로쯤 버섯을 캤거든. 검은색 송로 말이야. 오월엔 흰색 버섯을 캐지. 흰색 버섯이 더 찾기가 어렵고 냄새도 더 풋풋해.

송로버섯은 무슨 냄새가 나? 내가 물었다. 섹스. 암캐가 대답했다. 딱 섹스 냄새야. 참나무 아래 맨땅에서 하는 섹스. 남자 성기 냄새야. 문제는 온종일 그 버섯을 찾고 또 찾지만 정작 섹스는 못 한다는 거지. 일을 마칠 때쯤엔 그 냄새가 싫어져. 스트립 클럽에서 일하는 거랑 비슷하지. 더 나쁜 건 영리하게 하지 않으면 코에 상처가 생긴다는 거야.

나는 비코 옆에 앉아 그를 쳐다본다.

또 한 명의 비코, 이백오십 년 전에 살았던 잠바티스타 비코는 『신과학』이라는 책을 썼다. 책을 다 썼는데 출판을 해 주겠다는 사람이 없었다. 그래서 1725년 그는 자신에게 있던 단 하나의 반지를 팔아 출판비를 댔다. 다이아몬드 반지, 오 그램짜리 다이아몬드가 박힌 반지였다. 어쩌면 그 잠바티스타라는 인물은 실제로는 존재하지 않았던, 비코가 만들어낸 인물일지도 모른다.

비코는 이탈리아에 가면 수천 명의 비코가 있다고 했다. '작은 길'
이라는 뜻이기 때문에 다른 이름 앞에 붙는 경우도 많았다. 비코
가리발디처럼. 여름이면 대부분의 '비코'에 나이 든 여인들이 나
와서 빨래를 널고, 젊은 실업자들은 낡은 스쿠터를 타고 할 일 없
이 동네를 빙빙 돈다. 겨울이 되면 대부분의 '비코'에는 배고픈 고
양이와 장례식을 알리는 표시뿐이다.

잠바티스타는 라틴어로 글을 썼단다. 비코가 얘기해 주었다. 이미
사라진 언어지. 라틴어에 '후마니타스'라는 말이 있는데, 서로 도
우려는 사람들의 성향을 일컫는 거야. 우리 조상님은 말이다, 킹,
'후마니타스(humanitas)'라는 단어가 '후마레(humare)'라는 동사
에서 온 거라고 믿었어. '묻다'는 뜻이지. 죽은 사람을 묻어 주는
거 말이야. 인간성이라는 건, 그분의 생각에 따르면, 죽은 사람들
을 존중하는 것에서 시작하는 거였어. 그런데 킹, 너도 뼈를 묻잖
아, 그렇지?

비코는 웃음을 터뜨렸다. 너무 웃어서 새끼손가락으로 가려운 귀
를 긁어야 했다. 비코는 웃을 때 종종 귀가 가렵다.

너도 뼈를 묻어, 그렇지, 킹?

웃음, 농담, 가려운 귀와 함께 그의 눈에 눈물이 고인다.

말해 줄게, 킹. 우리 조상님 말씀 중에 내가 제일 좋아하는 건 이
거야. "인간과 장소에 대해 무지한 우리들은 방랑한다!" 한번 상
상해 보렴! 스파카 나폴리(Spacca Napoli)에 있는 자신의 아담한

집에서 이백오십 년 전에 그런 글을 쓴 거야! 그 글을 쓸 때는 우리를 상상도 못 한 거지!

신발 할인매장의 배달용 출입문에 있는 비코를 바라본다. 그는 눈을 감고 고개를 끄덕이고 있다. 바지 밑단이 올라가서 하얀 다리가 그대로 보인다. 그에게 뭔가를 주고 싶다.

하슬라흐라는 곳에 있는 폭포. 웅덩이 두 곳에서 흘러내리는 물줄기는 땋듯이 뒤얽혀 떨어진다. 왼쪽 물줄기가 오른쪽 물줄기 위로, 오른쪽 물줄기는 왼쪽 물줄기 아래로, 그리고 그 뒤로 검은 세 번째 물줄기가 직선으로 떨어진다.

내가 이 세 물줄기에 대해 이야기해 줄 수 있다면 비코는 신발가게의 배달용 출입문에 기대 잠이 들 것이다.

폭포 아래에는 쿠션 세 개 정도 크기의 모래톱이 있고, 그 위에 강물에 떠밀려 온 돌멩이들이 놓여 있다. 먼저 커다란 돌이 모래에 박히면, 그 위에 검고 붉은 작은 돌들이 한 줌 얹힌다. 작은 돌들은 커다란 돌 표면의 홈에 자리를 잡는데 —내 코로 돌들을 움직일 수 있다—, 돌 하나하나가 모두 마치 세상에서 자신들만을 위한 자리를 찾은 것처럼 보인다! 이 돌에 대해서 비코에게 잘 이야기해 줄 수 있다면 그는 등에 배기는 문 손잡이에도 불편함을 느끼지 않을 것이다.

폭포 아래의 그 강줄기에 서면 삶이란, 이 빌어먹을 삶이란 맨 처음 돌멩이가 생기면서 시작된 것임을 알게 된다.

사람에게는 일곱 겹의 피부가 있다. 물은 다섯 겹인데 나는 혀로 그 다섯 겹 물의 피부를 구분할 수 있다. 첫번째 피부는 바람 느낌이다. 아무리 고여 있는 물이라고 해도 거기엔 언제나 숨이 있다. 두번째 피부에서는 온도만 느껴진다. 세번째 피부에선 끊임없이 엉뚱한 방향으로 흐르는 조류가 고인 물을 때린다. 네번째 피부는 젖은 피부인데, 이 네번째가 진짜 물이다. 마지막 피부? 이 마지막 피부를 통해 아주 작은 물고기의 아주 작은 입이 빛을 걸러낸다.

비코는 이제 잠이 든다.

이곳에 화로를 놓고 자리를 잡은 지 육 개월이 넘었다. 어찌어찌 해서 우리 자리로 만들었고 덕분에 다툼은 없다. 거긴 다른 누구의 자리도 아니다.

비코의 농담은 '작은 길(vico)'이라고 불리는 어두운 골목 같다. 대로와 가로등에서 한참 더 들어온 골목. 다른 문제가 없으면 하나의 농담이 다른 농담을 낳는다. 그는 농담 하나를 고른 다음 그 뒤 어두운 선반에서 하나 더 고른다.

말다툼은 피해야 해. 비코가 말한다. 그건 살아남는 일하고는 상관없으니까. 논쟁에서 지면 평소보다 더 큰 패자가 된 것 같은 느낌이고 이겨도 적을 만드는 것뿐이야.

네 개의 도로가 광장에서 만난다. 라비에나가(街), 팰리팩스 장군 대로, '5월 1일'가(街), 살루스트가(街). 넓은 대로에는 양쪽으로 가로수도 늘어서 있다. 오늘 나무에는 강아지 귀만 한 새 잎사귀들이 돋았다. 인간도 잎사귀처럼 태어난다. 38번 전차는 리비에나가를 달린다. 살루스트가에는 블랙 카우 지하철역이 있다. '5월 1일' 가에는 택시 승차장이 있다. 오늘 같은 오후의 햇살 아래 택시 기사들은 내린 차창 너머로 발을 걸친 채 다리를 뻗고 쉬고 있다.

인도는 넓고 지나는 사람들이 많다. 지금 일 분에 스무 명 정도의 사람이 지나간다. 즉, 일 분에 열아홉 번 정도 비코와 나는 없는 존재로 취급받는다. 보이지 않는다는 뜻이다. 그렇지 않다면 견디기 어려울 것이다.

나는 비코의 팔에 고개를 기댄다.

광장보다 나은 자리도 있고 더 나쁜 자리도 있다. 하루하루 세상이 더 가난해지는 시기에 사람들은 다음 모퉁이에는 돈이 더 많을 거라고 스스로에게 말한다. 진짜 돈은 동물원이 있는 곳으로 가버렸다.

잠이 든 얼굴은 깨어 있을 때의 얼굴과 같은 나이가 아니다. 비코는 잠들었을 때 더 늙어 보이고, 비카는 더 젊어 보인다. 비코와 비카의 보초인 나는 둘의 잠든 얼굴에 관해서라면 전문가다. 비카의 잠든 얼굴이 깨어있을 때보다 더 젊어 보이는 건 내가 그녀와 사랑에 빠졌기 때문일까. 비코는 비카보다 더 쉽게 지치기 때문에 근육이 긴장을 풀면 얼굴은 움푹 꺼지고 폐허가 된다. 꿈을 꾸는 비카는 좋았던 시절로 돌아가지만, 비코는 앞으로 가는 것 같다. 끝을 향해, 앞으로.

내 앞발에서 몇 미터 앞에 오토바이를 세워 두는 거치대가 있다. 열두 대, 모두 고유 번호가 붙어 있다. 옆에 있는 피자헛에서 쓰는 오토바이다. 피자헛에서는 가능한 한 모든 물건에 같은 빨간색을 쓴다. 배달하는 청년들이 입는 방수 바지와 재킷, 배달용 가방, 모자까지 같은 빨간색이다. 그런 빨간색을 가진 꽃은 없다. 불꽃이나 토마토도 없다. '패스트 레드(fast red)', 빨리 배달하는 빨간색이다.

가끔 배달하는 청년이 오토바이에서 내려 앞바퀴를 거치대에 넣으며 나를 보고 아는 척을 할 때가 있다. 비코를 보고 함께 웃으며 '젊은 아저씨'라고 부르는 청년—머리가 길다—도 있다. 화롯불이 좋아 보이네요, 젊은 아저씨. 얼어붙듯 추웠던 이월의 어느 날 청년이 그렇게 말했다. 생 발레리에 있으면 바깥의 땅이 햇빛을 받기 전에 얼음을 품은 채 갈라지는 소리가 들리는 듯한 그런 아침이었다. 비코와 비카에게도 그 소리가 들리는지 물었지만 둘은 들리지 않는다고 했다. 어쨌든 머리가 긴 청년이 비코에게 말했다. 바꿀까요, 젊은 아저씨? 아저씨가 이 좆같은 오토바이 타고, 제가 손 좀 녹일까요? 정말 운이 좋으면 팁도 받을 수 있어요. 메가 사이즈 피자 세 판에 버드와이저 열 병 정도 되는 큰 배달일 때는요. 브라우니 하나 사 먹을 정도는 줄 거예요. 이런 추운 날씨에 밖에 나오기 싫죠, 젊은 아저씨? 오늘 아침엔 밤 몇 개나 팔았어요? 하나도 못 팔았어. 비코가 대답했다. 아직 하나도 못 팔았어.

비코의 그 나비 목소리를 들을 때면 젊은 시절의 그를 그려 본다. 젊은 비코는, 코가 자랑스러운 듯 우뚝 솟았고, 콧구멍까지 크다! 그를 멀리 데리고 갈 코, 지적인 코. 매일 아침 나폴리에서 그 코로 바다 냄새를 맡는다. 아직은 풀이 죽지 않은 새로운 하루의 시작을 알리는 바다 냄새. 밤이면 고개를 젖히고, 코끝은 항구 위의 별들을 향한다.

내 경우에는, 별들을 보려면 둘 중 한 가지 방법을 택해야 한다. 고개를 뒤로, 아주 많이 뒤로 젖히고 짖는 자세를 취하던가, 아니면 항복하는 자세로 등을 대고 뒤집어져야 한다. 둘 중 한 자세로 별을 보며 구름에 이름을 붙여 줄 수 있다.

이번 겨울에 새로운 별자리를 하나 발견했다. 찾기가 쉬웠다. 우선 전갈자리를 찾은 다음 거기서 천구(天球) 반대편으로 가면 양자리가 보인다. 양자리를 먼저 찾았지만 확신이 서지 않을 때는 반대편에 전갈자리가 있는지 확인하면 된다. 양자리 남쪽에 작은개자리가 있다. 사냥개나 큰개와는 다르다. 작은개자리에서 조금만 북쪽으로 가면 염소자리와 기린자리가 있고, 염소자리와 작은개자리 사이, 동쪽으로 조금 치우친 자리에 쌍둥이자리의 카스토르와 살쾡이자리가 있다. 노새자리는 그 세 자리가 만드는 삼각형의 가운데에 있다. 노새의 귀가 거의 카스토르에 닿을 것 같다. 노새는 양 위에 서 있는데, 그렇게 양을 태양으로부터 지켜 준다. 가끔씩 양이 다리를 펴고 일어나 뿔로 노새의 배를 긁어 주는데 그러면 노새는 기분이 좋아진다.

둘은 끊을 수 없는 우정으로 묶여 있다. 하늘이 가져다주는 암양들을 얼마든지 올라탈 수 있는 숫양과, 자식을 낳을 수 없는 노새. 비코는 노새자리를 완성하려면 다른 집에서 별을 훔쳐 와야 하니까, 노새자리는 사실 없는 거라고 말한다. 비카는 노새자리를 본 적이 있다고 말한다. 틀림없다고, 당연히 노새자리는 존재한다고!

오늘은 비코의 코가 망치로 쪼갠 나뭇조각처럼 보인다. 요즘은 냄새를 도통 못 맡겠어. 어느 날 저녁, 셋이서 함께 생 발레리로 돌아오는 길에 그가 비카에게 말했다. 그런 말 하지 마. 비카가 말했다. 내가 속을 채운 양배추 요리 해 줄게. 나이프로 갈라서 그 향을 직접 한번 맡아 보고, 당신이 후각을 잃은 건지 아닌지는 그때 다시 이야기해.

한때 비코는 부자가 될 수 있는 코를 가진 남자였다. 가난에서 절대 일어설 수 없는 코가 있다. 뒷골목에서 볼 수 있는, 내가 자주 핥는, 그렇게 핥고 나면 대낮에도 온갖 욕을 내게 퍼붓는 사람들의 코. 비코의 코는 달랐다. 그건 돋보이는 코였다.

이마도 마찬가지였다. 지금 그의 이마에는 과거의 부침(浮沈)을 보여 주듯 긁힌 자국과 미끄러진 상처만 가득하다. 전에는, 그러니까 제도판에 자신이 고안한 물건들을 그릴 때면(그의 말이 사실이라면), 그의 이마는 도시의 둥근 지붕 같았고, 여자들은 인내와 힘을 약속하는 그 이마를 손톱이 긴 손으로 만져 보고 싶어했다. 언젠가 발레리아라는 여자 이야기를 내게 해 줄 때, 비코는 미끄러진 흉터를 지우려는 듯 갈라진 자신의 손가락으로 이마를 계속 문질러 댔다. 그 여자가 테니스를 쳤거든. 그가 말했다. 기다란 흰색 양말을 신고 말이야….

비코는 절대 코를 골지 않는다. 왜냐하면 비카와 달리 그는 입을 꼭 다물고 자기 때문이다. 혀는 뒤로 물러난다. 나는 비코를 무척 존경하기 때문에 이 점에 대해서는 더 말을 할 수가 없다. 하지만 평상시의 그의 혀가 그려지는 건 어쩔 수 없다. 멜론을 먹고, 봉투에 침을 바르고, 벤치에 앉아 생선을 맛보고, 비카의 혀를 찾고, 웃음을 터뜨릴 때 푹 고꾸라지는 혀.

입을 다물고, 눈도 감고, 그렇게 그의 얼굴에 있는 문이 닫힌다. 자리에서 일어난 나는 가까이 다가가 그의 볼을 핥는다.

비코가 한쪽 눈을 뜬다. 장난치는 듯한 오른쪽 눈, 놀란 그 눈에서, 잠과 깨어남 사이의 그 순간, 아직 등 뒤 철제 빗장의 존재도 느끼지 못하는 그의 눈에서, 잠시, 그 놀란 눈에서, 나는 한때 거기 있었던 희망을 본다.

비코는 두 눈을 뜨고 손으로 셔츠의 옷깃을 바로 잡는다.

킹. 그가 중얼거린다. 왔구나. 집에 가자.

비카 아줌마 기다려야죠. 내가 말한다.

잊어버리려고 애쓰고 있었는데.

네, 하지만 기다려야죠.

언젠가는 성공할 거야, 킹. 그렇게 되더라도 지금 내가 기대하는 그런 안도감은 찾아오지 않겠지. 과거를 잊고 나면 그만큼 나쁜 다른 뭔가가 머릿속에 들어올 테고, 그건 익숙지 않은 거니까 느낌은 더 나쁠 거야. 잊어버리고 나면 오 년 전에 했던 일이나 하지 않았던 일들에 대해 스스로에게 질문하지는 않겠지. 왜 좀 더 신경을 써서 화재보험에 들지 않았을까 하는 생각도 안 할 거야. 마지막 경고, 진짜 마지막 경고에 왜 귀 기울이지 않았을까 하는 자책도 안 하겠지. 과거는 그대로 흘려보낼 거야. 과거가 흘러가면 그 자리에 다음 시간이 오겠지. 다음 시간 말이다, 킹.

나는 아무 말도 하지 않았다. 무슨 말을 할 수 있었겠는가.

그래, 다음 시간. 그게 과거의 자리를 차지하겠지. 아무 무게도 없고, 아무것도 담고 있지 않은 시간. 아무 기록도, 이름이나 주소, 전화번호도 없는 시간, 그저 기다리기만 하겠지. 그리고 나는, 내가 그 다음 시간에 되어 있어야만 할 어떤 일을 하지 않을 거라는 걸 알아. 그 시간에도 끝을 내야만 하겠지. 그 시간을 끝냄으로써 마침내 내 이름으로 실패에 매듭을 짓는 거야.

내가 하지 않으리라는 걸 안다, 킹. 다음 시간이 와도 내겐 뭔가 끝낼 능력이 없어. 그게 제일 나쁜 거지. 실패도 과거가 그랬던 것처럼 그냥 흘러가는 거야. 매듭을 짓지 못한 채 말이다. 내겐 아무것도 남지 않겠지. 정말 아무것도. 시계를 보면 시간이 지났다는 건 알겠지. 또 다른 다음 시간이 기다리겠지. 내겐 아무것도 없어. 아무것도, 아무것도.

'아무것도'라는 말을 반복하며 비코는 마음을 가라앉히려는 듯 내 머리를 쓰다듬는다.

아니, 그렇지 않아요.

어떻게?

비코는 운이 좋으니까요! 내가 놀린다.

혼자 있고 싶구나.

우리한테는 오두막도 있고 비카도 있잖아요.

'너'한테 있는 거지.

저요?

나는 빼 줘라. 그가 말한다.

절망에 빠졌을 때도 비코의 목소리는 가볍다. 마치 오래전에 쓴 책에 있는 문장을 읽는 것처럼.

살루스트가(街) 건너편 미용실 위에 새로운 개 그림이 걸려 있는 걸 발견한다. 저렇게 높은 데 그림을 그리자면 개들은 승합차 위로 올라가야만 했을 것이다. 파란색과 흰색으로 부서지는 파도를 그려 놓았다. 파도 주변에 활 모양으로 '파멸'이라는 글씨가 적혀 있다.

이제 비코는 손으로 내 엉덩이를 지그시 누르고, 나는 그의 목소리에는 빠져 있던 묵직함을 고스란히 느낀다.

시간은 흐르게 마련이지. 비코가 말한다. 그리고 시간이 흐르면 열에 아홉은 더 나빠지는 거야! 문명이나 지식에는 해당하지 않는 말이지만, 혼자 있는 몸의 경우는 그런 거란다. 심지어 지렁이 몸도 그래. 시간이 뭔가를 치유해 줄 때는 고통을 더 늘리기 위해, 더 길게 느껴지도록 만들기 위해 그러는 거야. 되돌릴 방법은 없어. 그리고 하루하루 시간이 흐르면서, 되돌아가는 길은 그만큼 더 길어지는 거지. 이게 오늘 아침, 오두막에서 나와 오줌을 누며 한 생각이야.

매번 오줌을 눌 때마다 나도 그런 생각을 할 수 있다면!

하루씩 더 멀어지는 거라고, 혼잣말을 했구나. 이제 내가 없어도 비카는 돌아갈 수 있을 거야. 어떻게든 길을 찾겠지. 조금 더 멀고, 어쩌면 돌아갈 수 없을지도 모르지만 오늘은 할 수 있을 거야. 비카는 떠나야 해.

저한테 어부인 친구가 있어요. 내가 말한다. 이름이 안데르스인데, 갈레나라는 배를 한 척 가지고 있거든요. 두 분이서 하루만 그 친구와 함께 나가 보면 어때요? 아저씨랑 비카 아줌마요.

나는 그냥 두고, 가서 비카나 데리고 가! 비코가 말한다.

겨울이 다 갔잖아요. 내가 확인하듯 말한다. 앞으로 육 개월은 축축할 일도 없어요. 그리고 제가 두 분을 모실 크루즈도 준비했고.

개들은 가까이 있는 것도 못 보는 거냐?

눈이 먼 개들도 있지만, 그러면 다른 개들이 이끌어 주죠. 내가 말한다.

퀵서비스 기사가 오토바이를 멈추고 피자헛에서 오랑지나 한 병을 산다. 헬멧을 벗고 오토바이에 비스듬히 걸터앉아 주스를 들이켜면, 주스가 목의 먼지를 씻어 내리고 그 차가움이 피로를 어루만져 준다. 오랑지나.

뭐라고 했니? 비코가 묻는다.

퀵서비스 기사한테 오랑지나 한 병이요, 하고 말했어요.

헤매고 있구나, 킹. 제 정신이 아니야.

제가 아는 개 중에 마티외라고 눈먼 개가 있어요. 늙은 개. 아저씨보다 훨씬 더 늙었어요.

나보다 더 늙은 건 없단다. 비코가 말한다.

마티외 주인은 되게 꼼꼼해요. 나는 계속 말한다. 콜리마 감옥에 있을 때 숲을 개간하면서 그런 꼼꼼함—한 가지 일이 어떻게 다른 일을 낳는지—을 익혔대요. 석방이 된 후에 집으로 돌아와 보니, 어머니가 아직 강아지이던 마티외랑 함께 지내고 계셨죠. 시간이 흘러 어머니는 돌아가시고, 나이 든 마티외는 눈이 멀어 버린 거예요.

그 남자는 결혼은 안 했고?

두 사람이 함께 쓸 공간은 만들 수 없다고 했대요. 소라게랑 비슷한 거죠. 수용소에서 지낸 결과로.

러시아 사람인가?

러시아 사람 맞아요. 매일 마티외를 산책시키고, 먹을 것도 잘 챙겨 주고, 해가 나는 날엔 정원에 함께 앉아 있어요. 서로 이야기를 많이 하죠. 이제 마티외도 감옥에 대해 아는 게 많아요.

부자야?

아뇨, 가난해요. 가끔 밤에 친구들이랑 술 한잔 정도는 하죠. 겨울에는 난로 옆에 담요를 깔아서 마티외 자리를 만들어 주고, 여름에는 문을 열어 놓고 테라스 넝쿨 밑으로 옮겨 줘요.

부자처럼 들리는데?

우리에 비하면 형편이 나은 것처럼 들리겠지만, 그렇지 않아요. 마티외 자리가 어디든 밤에 외출을 할 때면 주인이 신문지를 깔아서 길을 만들어 주고 나가요. 길 끝에는 마티외가 먹을 음식과 물이 있죠. 그렇게 하면 눈 먼 개는 앞발로 길만 따라가면 되니까.

냄새로 찾아가면 되잖아?

후각도 잃었거든요.

나는 더 이상 말하지 않는다. 비코와 나는 도로를 따라 내려오는 38번 전차 소리에 귀를 기울인다.

그 러시아 사람 이름은?

바딤이요.

그러니까 신문지에 관한 이야기냐?

한 남자와 개에 관한 이야기죠.

38번 전차는 이제 지나갔다.

한참 후에 비코가 말한다. 물론 그 오두막이 나한테는 의미가 크지. 너랑 같이 길거리에서 지냈던 때를 잊을 수 없을 거야. 잊지 않아. 내가 죽으면 그 오두막만 기억하고 내가 살았던 다른 곳들은 다 잊어버릴 거야. 기억 속에선 벌써 그곳들은 호텔처럼 돼 버렸어. 호텔을 오랫동안 기억하는 사람들은 없지. 화가들만 빼면 말이다. 화가들은 호텔을 기억하지. 이유는 나도 모르겠구나.

개를 그리는 화가요?

호텔 객실을 그린 그림이 한 점 있었지. 드 플레시 근처에 있는 호텔이었어. 침실에는 타원형 거울과 레이스 달린 베개가 있고, 침대 머리맡에는 나사가 풀린 구형 장식물들이 있는 그림이었단다.

그냥 그림인데 나사가 풀린 건 어떻게 아세요?

너는 예술에 대해선 조금도 신경을 안 쓰는구나, 킹. 기억에 대해서도.

기억에선 제가 항상 아저씨를 이겼던 것 같은데요.

비카는 어디 있니?

오고 계세요. 멀리 있지 않아요.

확실해?

나는 비코를 안심시키기 위해 코를 들어 냄새를 맡는다.

비카가 없으면 너는 난감하겠지, 그렇지? 비코가 내게 말한다. 아직 시간이 있을 때 가서 데리고 와. 비카는 드 플레시의 호텔방 그림을 좋아했단다. 로마에서 사서 사무실로 쓰던 취리히의 아파트에 걸어 놓았지. 고어텍스 붐이 불던 시기였다. 우주 탐사가 막 시작되던 때이기도 했고 말이야. 고어텍스 막은 두 가지 중합물로 만드는데, 소수성(疏水性) 중합물인 폴리테트라플루오로에틸렌

(e.PTFE)과 또 다른 소액성(疏液性) 중화물이지. 폴리테트라플루오로에틸렌 막은 일 제곱인치에 작은 구멍이 구십억 개나 된다고 하더구나.

길 건너편 미용실 여종업원이 창백한 근무복 차림으로 밖에 나와 담배를 피운다. 비코가 기억 속에 빠져 있는 덕분에 나도 쉰다. 이런 이야기를 할 때면 그의 입은 코에 가려 버리고, 거의 아무 소리도 듣지 못한다. 내가 가서 오줌을 누고 와도 알아차리지 못할 것이다.

내가 다시 돌아왔을 때도 그는 여전히 취리히에 머물러 있었다.

겉에 타일을 붙인, 키가 천장에 닿을 정도로 높은 난로가 있었단다. 타일 위엔 튤립 그림이 그려져 있고 말이야. 니페토스(niphetos, '눈보라'를 뜻하는 고대 그리스어—옮긴이) 튤립, 꽃잎 끝이 해진 것처럼 보여서 붙은 이름이지. 비카와 나는 만난 지 닷새 만에 그 아파트로 함께 들어갔단다.

그때는 아직 결혼 안 했을 때죠?

안 했지.

결혼식은 한 번도 안 하셨어요?

안 했지.

두 번의 '안 했지' 후에, 나는 아무것도 더 묻지 않는다. 보통 때 같으면 내가 그의 눈꺼풀을 핥았겠지만, 이번에 그 대답은 '그만 하자!'라는 뜻이니까.

침실에서 호수가 보였지. 그가 중얼거린다. 벽난로가 거실과 침실을 구분 지어 주었단다. 세기말에 지은 게 분명해.

지금도 세기말이잖아요, 그렇죠?

지난 세기 말이다. 도대체 역사에 대한 감각도 전혀 없구나, 킹. 방들은 작고, 침대에 누우면 타일 위에 그린 튤립이 겨우 보이는 정도였지. 파란색으로 그린, 니페토스 튤립의 해진 꽃잎들.

건너편의 미용실 아가씨는 다시 들어갔는지 보이지 않는다.

어느 날 아침, 반쯤 깨었을 때 말이야. 우리 나폴리 출신들은 아침에 커피가 필요한데 네덜란드 사람들은 다른가 보지. 어쨌든 비카는 달랐어. 어느 날 아침에 비카가 커피를 내렸는데, 한 모금 마시기도 전에 튤립에 관한 일장 연설을 늘어놓더구나.

아줌마가 뭐라고 했는데요? 내가 묻는다. 제 생각에 행복한 기억은 상처에 소금을 뿌리기보다는 그 상처를 보호하는 것 같던데.

비카는 튤립이 네덜란드에서 처음 온 거고, 그림엽서는 모두 거짓이라고 했지. 나는 튤립의 원산지가 터키인 줄 알았다고 했어. 지금 이야기하잖아요. 그녀가 말하더구나. 튤립 한 송이를 지켜봐요. 그렇게 말했어. 매 시간 그 튤립을 지켜봐요! 튤립은 모두 여자예요. 예외가 없죠. 남자는 베고니아, 민들레, 수선화, 뭐든 원하는 대로 갖다 붙일 수 있지만, 튤립은 아니에요. 매 시간 튤립을 지켜봐요, 잔니. 그럼 튤립이 열렸다 닫히는 걸 볼 수 있을 거예요. 마치 눈처럼요!

그때는 아저씨를 비코라고 부르지 않았어요?

비코는 내 질문을 못 들은 척했다.

꽃은 모두 열렸다 닫히지만 튤립은 독특해요. 그녀가 말했지. 우리에게 두 팔과 두 다리, 몸통과 머리가 있는 것처럼 튤립에는 여섯 개의 꽃잎이 있죠. 눈을 감고, 잔니, 상상해 봐요.

신발가게 배달용 출입문에 기댄 비코는 보통 어른 남자의 팔뚝만큼 가는 허벅지에 내 머리를 놓은 채 눈을 감는다.

꽃잎 두 개가 가운데서 주머니를 만들어요. 비카가 설명했지. 나머지 네 개의 꽃잎은 그 주변을 둘러싸는 거예요. 서로 어깨를 겹치고서. 튤립이 닫히면 총알도 막을 수 있을 것 같거든요, 잔니. 세상 그 어떤 것도 튤립만큼 단단하게 닫힐 수는 없고, 어떤 것도 강제로 그걸 열 순 없죠. 짓밟을 수도 있고, 조각조각 찢어 버릴 수도 있고, 한순간에 망가뜨릴 수도 있겠지만, 열린 튤립은 얻을 수 없어요. 강제로 열려고 했던 사람은 대신 희생물만 얻는 거죠. 보고 싶지 않았던 어떤 것을 만들어내는 거예요. 비카는 그렇게 말했단다.

왜 아저씨를 잔니라고 불렀던 거예요?

비카가 침대에 앉아서 나를 바라보며 말하더구나. 그것만이 아니에요. 튤립이 자기 뜻에 따라 꽃잎을 열 때 그러니까 여섯 개의 꽃잎이 다시 벌어질 때 말이에요. 주머니를 만들었던 꽃잎 두 개는 하늘을 향해 팔을 벌리고, 나머지 네 개의 꽃잎은 등을 뒤로 휘게 해서 머리 위로 뻗은 손이 바닥에 닿아요! 이렇게요! 비카는 걸치고 있던 실내복을 벗고 직접 보여 주더구나. 멋진 몸을 활처럼 크게 휘면서 말이야.

왜 아저씨를 잔니라고 불렀던 거예요?

그게 내 이름이었으니까.

우리 둘은 살루스트가(街)를 지나는 사람들의 발을 지켜본다. 어느 거리에나 발을 헛디딜 구멍들이 있는데, 세상 모든 거리에 있는 구멍들은 하나의 같은 암흑 안에서 만난다. 모든 것이 들어 있지만 아무것도 아닌 것처럼 보이는 그곳.

비카는 할 수 있을 거야. 네가 다시 그 시절로 되돌려 보내 줄 수 있다면. 비코가 말한다.

저를 한번 보고 그런 말씀하세요! 아저씨보다 더 끔찍한 몰골인데. 어떻게 아줌마를 그 시절로 돌려보내요?

너는 그런 일들 사이의 길을 아니까.

여기라면 누구든 안내해서 데려갈 수 있지만, 아저씨가 말한 그런 일은 지도가 필요할 텐데 저한테는 없어요.

지도보다 이제 나한테는 없는 무언가가 필요할 거야. 너는 그걸 가지고 있어. 그래서 사람들이 너한테 말을 거는 거야. 나도 그렇고. 왜 사람들이 너한테 말을 거는지 아니? 너를 놀래 주려는 거야. 그런데 네가 놀라지 않으니 사람들은 계속 말을 하는 거지. 너는 모든 걸 지켜봤고, 그런 다음에도 계속 해 나가고 싶은 마음이 생길 만큼 제 정신이 아니잖냐. 그러니까 네가 비카를 그 시절로 돌려보내 줘야 하는 거야.

아저씨를 떠나지 않을 거예요.

떠나고 말고 할 것도 없어. 안 팔린 무밖에 없다고.

아줌마가 옳아요. 내가 말한다. 아저씨는 감사할 줄 알아야 해요.

죽고 나면 감사할 거다. 감사하는 마음으로 오두막을 기억할 거
야. 그 오두막이 내 인생에서 최고였어. 오두막 안에 함께 있는 우
리 셋. 그건 어떻게 헤아릴 수 없이 소중한 거지. 안에 있다는 거
말이다. 나는 그리스 시대에 형성되고, 로마식 사원들이 가득한
나폴리 출신인데, 그런 것보다 생 발레리의 오두막이 내 인생 최
고의 집이었다고 자신있게 말할 수 있어. 그 정도면 된 거냐?

아저씨처럼 말하는 사람은 처음이에요. 내가 말한다.

물론 그렇겠지. 나는 말을 하는 게 아니니까.

말을 하는 게 아니라고요?

네가 듣는 거지. 다른 일은 아무것도 없어. 전혀. 내 입술을 봐라.
안 움직이지? 그렇지? 오두막이 내 인생에서 최고였다. 문제는
거기서 살아야만 하는데 살 이유가 없다는 거야.

오두막 있잖아요.

그 안에서 살아야만 한다니까.

네.

다 끝났다. 비코가 말한다.

신께서 도와주실 거예요. 내가 그에게 눈으로 말한다.

신이 찾지 않는 곳도 있는 거야.

지상에요?

아니. 여기. 그는 손가락으로 마치 권총을 갖다 대듯 자신의 관자놀이를 가리켰다.

아줌마가 와요! 내가 급히 말한다.

보이니? 비코가 묻는다.

아니요.

어디 있다는 거야?

지금 가로수 사이를 걷고 있어요. 아줌마 이름이 떠다녀요.

안 보이는데. 비코가 말한다.

아줌마한테 뭐라고 할 거예요? 내가 묻는다.

오는 데 왜 그렇게 오래 걸렸냐고 해야지. 그래도 오기는 왔네라고!

초에 불을 붙여야겠어! 비카는 그렇게 말할 것이다.

비코와 나는 그 말이 맥주 한 캔을 마셨다는 뜻임을 알 것이다.

비카가 도착하고, 팔리지 않은 무가 담긴 상자 옆에 앉아 신발 할인매장의 배달용 출입문에 등을 기댄다. 우리 셋은 막 좁은 탈출구를 벗어난 것처럼 한숨을 내쉬고, 마침내 다시 하나가 된다. 이제 각자 쉴 수 있다. 아무도 말이 없다.

내가 무척 좋아하는 일들 중 하나가 가만히 있는 것이다.

몇 세기 후 비카가 말한다. 발이 아파.

5

오후 다섯시 삼십분

빨강은 희생의 색이지. 비코가 언젠가 말했다.

정말요?

고통과 승리가 둘 다 빨간색에 담겨 있어. 그가 말했다. 물론 피 색깔이기도 하고.

피는 색깔이 아니에요, 맛이지. 내가 으르렁거리며 말했다.

어떤 빨강은 누군가를 죽이고, 또 어떤 빨강은 치유를 해 주지. 비 코가 계속 말했다. 도살장과 제라늄 말이다, 킹.

가끔은 비카가 안됐다는 생각이 든다. 가끔 비코가 미친 게 분명하다고 생각한다.

제라늄은 젖은 은 냄새가 나요. 내가 놀리듯 말했다. 신호등 옆 시멘트 통 근처에 피었던데 가서 맡아 볼까요.

잠시 후 그가 미쳤다고 생각했던 일이 부끄러워졌다. 생 발레리에 사는 사람들은 모두 파멸 후에 균형을 잡기 위해 나름의 광기를 필요로 한다. 그건 지팡이를 짚고 걷는 것과 비슷하다. 광기가 세 번째 다리가 되는 것이다. 예를 들어 나는 자신이 개라고 믿고 있다. 이곳에서는 아무도 진실을 모른다.

비코가 빨간색 이야기를 하는 건 우리가 앉은 살루스트가(街)에 있는 피자헛 때문이다. 직원들 유니폼도 빨간색, 가게 앞쪽도 빨간색, 피자를 넣어 다니는 배달 가방도 빨간색, 보도에 세워 둔 철제 받침대에 매달린, 바닷바람이 불면 주정뱅이처럼 쓰러질 것 같은 로고도 빨간색이다. 배달 오토바이도 빨간색, 돈 가방도 빨간색, 전화도 빨간색이다.

피자헛 이야기는 이미 했지만 그 사이에도 계속 보고 있었다. 생각이 떠나지를 않는다. 그래서 한 번 더 이야기해야겠다. 바로 옆 가게지만 피자헛에서는 단 한 번도 우리에게 뭘 준 적이 없다. 빨간 피자헛에선 쓰레기가 하나도 나오지 않는다. 거기서 파는 제일 싼 피자는 마르게리타 피자다.

마르게리타 피자는 나폴리 사람들이 처음 만든 거란다, 킹. 1830년 사부아의 마르게리트 공작부인이 나폴리 시민들의 충성심을 왕에게 보이기 위해 만든 거지. 그래서 국기의 색이랑 같은 거야.

토마토의 빨간색, 바질의 녹색, 모차렐라 치즈의 흰색!

나는 두 사람이 수레에 담아 온 판지 조각 위에 앉아 있는 모습을 가만히 바라본다. 그 위에 앉으면 차가운 바닥을 조금이라도 피할 수 있고, 보도 위의 보이지 않는 먼지 때문에 불편한 것도 조금 덜하다. 신발가게 문에 기대어 판지 위에 앉은 두 사람을 가만히 바라본다. 둘은 가까이 붙어서, 무심하게, 아무 생각도 없이, 아주 친밀한 사이에서만 가능한 자세로 앉아 있다. 그 둘에 대해 누구도 확실한 무언가를 짐작할 수 없다. 매일 여기에 오지만 둘은 우연히 그 자리에 있는 사람들처럼 보인다. 하지만 그건 선택이고, 어떤 질문에 대한 대답이다.

둘은 생 발레리에 그냥 있을 수도 있었다. 그런데 왜 살루스트가로 나왔을까. 밤과 옥수수를 팔기 위해. 비카 혼자 있을 때는 목소리 높여 구걸을 하기 위해. 하지만 왜 매일 나오는 걸까. 그렇게 거리로 나오는 건 '아니오'라고 대답하는 그들의 방식이다.

그렇게 쉽게 우리를 없애진 못할 거야! 어느 날 아침, 침대에서 나오기 싫어하는 비코에게 비카가 한 말이다.

뭐가 달라진다고 그래?

여기 이렇게 숨어 있으면 안 돼. 비카가 말했다. 하루 종일 오두막에만 있다니. 당신 아파?

아니, 아픈 건 아냐.

같이 가, 여보. 킹도 데리고 가고. 그녀가 말했다.

거리를 따라 주변을 살핀다. 완만한 언덕길이다. 가파르지는 않지만, 직접 휠체어 바퀴를 굴리며 올라가는 사람이라면 팔뚝으로 그 경사를 느낄 수 있다. 건물들은 삼층인데 밖으로 난 창들은 모두 보도 위로 꽤 튀어나와 있다. 마치 건물들이, 밤에 거인이 나타나 어디 다른 곳으로 옮겨 주기를 기다리는 것만 같다. 그런 창 덕분에, 거인은 일층 아래쪽 부분을 단단히 움켜잡고 상점 윗부분을 한 번에 들어서, 이층과 삼층만 더 행복한 곳으로 옮겨 놓을 수 있을 것이다. 언덕 맨 끝 전차 선로가 사라지고, 이어지는 거리는 경사가 가파르다. 그 너머로 차와 사람은 보이지 않고 저 멀리 아직 사람이 살지 않는 반쯤만 지어진 사무실 건물들이 희미하게 보인다. 머리를 앞발에 걸친 채 그 먼 곳을 바라볼 때, 이런 생각이 들었다. 이 길은 어디서 끝날까.

말락이 리베르토에게 받았다는 금반지를 보여 주었다. 리베르토는 자기가 훔친 물건이 뭔지도 모르지 뭐니. 그녀가 말했다. 그래서 그 비밀을 알려 줬지. 반지 안쪽은 금이 아닌 흰색 금속이었는데 거기 글씨가 새겨져 있는 거야. 읽을 수가 없더구나. 글씨가 너무 작은 데다가 좌우가 뒤집혀 있었거든. 읽으려면 거울이 있어야겠더라고. 그래서 반지를 직접 껴 봤더니 말이야, 킹. 너무 작은 거야. 비누칠을 해야 했지. 자, 잘 봐! 내가 빼서 보여 줄게. 잠깐만. 자! 내 손가락에 뭐라고 씌어 있지? '나를 잊지 말아요.' 이 세 단어가 내 손가락에 찍힌 거야. 상상해 봐. 핥아 봐도 돼, 킹. 핥으라고. 그래도 지워지지가 않아!

어쩌면 나의 해변 근처에 있는 강 위의 세 다리도 그 반지와 비슷할지 모른다. 다리들은 강물 위에 '나를 잊지 말아요'라는 세 단어를 찍는다. 칠흑 같은 밤을 제외하고는.

갑자기 비카가 소리친다. 당신은 사막에 가서 음료수 하나도 못 팔 거야!

목소리가 높은 걸 보니, 적어도 맥주를 두 캔은 마신 것 같다.

아무것도 못 팔 거라고!

나는 그 목소리를 알아차린다. 그건 그 모든 상황에도 불구하고, 모든 것을 농담처럼 받아들일 수 있다고 믿는 목소리다.

도와주려면 그 모자나 좀 벗어 줘요. 벗어서 땅에 놓으라고. 그 목소리가 명령한다.

비코의 눈은 내 눈이 결코 못 따라갈 정도로 슬프다. 그도 목소리를 알아차린다.

내가 뭘 할지 알죠? 그 목소리가 말한다. 노래할 거예요.

안 돼, 비카. 피곤할 텐데.

안 피곤해.

내가 피곤해.

전에는 내가 황금 같은 목소리를 지녔다고 했잖아. 이제 내 목소리가 마음에 안 들어요?

여기서는 하지 마, 비카. 제발 부탁인데 여기서는 하지 마.

「청교도」에 나오는 아리아 「키 라 보체(Qui la voce)」(벨리니의 오페라 「청교도」에 나오는 곡으로, '여기 이 목소리'라는 뜻—옮긴이)를 부를 거예요. 물론 내 목소리가 칼라스보다는 못하겠지만.

그만 해, 그만.

당신이 무를 팔았으면 내가 이러지 않아도 되잖아, 안 그래요? 모자 벗어서 땅에 내려놔요. 같이 벨리니 공연을 하자고.

비카는 우리의 웃음을 기다리지만, 비코와 나는 웃지 않는다. 비카는 팔리지 않은 무 한 다발을 집어 들어 베어 문다. 배고파. 그녀가 말한다. 다른 무 하나를 비코에게 건네지만 비코는 고개를 흔든다. 그 모습을 본 비카는 들고 있던 무 다발을 다시 상자에 던진다.

모자 내려놔요.

지금은 아니야.

왜 안 돼요?

하지 말라고 내가 부탁하잖아, 비카.

나 노래 부르는 거 좋아해요. 늘 좋아했다고.

다음에 합시다. 오늘 말고.

내가 노래하면 돈 들고 집에 돌아갈 수 있어요.

내 생각은 달라.

당신 없을 땐 혼자서 노래했다고요. 애한테 물어봐요.

비카는 턱 끝으로 나를 가리킨다. 자리에서 일어난 나는 그녀에게 다가가 그녀 어깨에 머리를 걸치고 선다. 가끔 그녀는 노래를 한다. 그건 사실이다. 그리고 가끔 사람들이 주머니에서 동전을 꺼내 주기도 하지만 아무도 그녀의 노래에 귀 기울이지는 않는다. 비카는 알폰소가 아니다. 그녀는 마치 전차를 타듯 자기 머릿속에 있는 노래에 올라탄다. 사람들은 아무도 그녀가 자신들을 위해 노래 부른다고 생각하지 않는다. 알폰소는 노래를 부르는 동안에도 주변의 모든 것을 살핀다. 짭새가 오는지 살피고, 사람들의 미소도 살핀다. 그의 눈은 말한다. 이게 여러분이 듣고 싶던 노래죠, 그렇죠? 우리 모두 그때 함께 있었잖아요, 기억 나세요? 그러면 사람들은 모두 주머니의 동전을 뒤진다. 불쌍한 비카는 눈을 감은 채 혼자서, 종착역을 향해 가는 전차를 타고 여행한다.

무 얘기는 당신 말이 맞아. 비코가 말한다. 오늘은 도무지 팔리지가 않더라고. 옥수수는 잘 나가. 그건 남자들 물건이니까.

내 목소리가 창피해요? 그 말이에요?

당신 목소리 아름다워, 비카.

〔생 발레리의 철제 조리기 위에 놓인 이 리터짜리 유리병, 그 안에 담긴 나머지 물건의 목록은 다음과 같다. 비코와 비카의 최종적인 개인 보물목록인 셈이다. 호두 한 알, 샴페인의 코르크 마개, 알파 로메오 자동차 키, 빨간 모래가 담긴 비닐 봉투, 흰색 리본, 펜던트에 넣은 비카의 아기 때 사진, 와인색 머리망, 비코의 어머니가

가지고 있던 성 장비에의 작은 조상(彫像), 그리고 비카의 손글씨로 '지자'라고 적혀 있는 포추올리의 그림엽서. '지자'는 젖꼭지라는 뜻이다.〕

내가 부끄러운 거야!

아니라니까. 당신 목소리를 파는 일이 부끄러운 게….

내가 젊었으면, 여보, 뭘 팔았을 것 같아요?

하지 마!

우리 둘 정도는 그걸로 먹고 살 수 있었을 텐데. 생각해 봐요, 응?

집에 갑시다.

비코는 힘들게 자리에서 일어나 수레를 잡는다.

비코와 내가 노숙을 하며 아직 비카와 함께하지 않았던 그 시절의 어느 날 밤, 비코는 자신의 첫번째 발명품 이야기를 해 주었다. 공장장을 하기 훨씬 전 이야기야, 킹. 내가 열일곱 살 때니까. 다발성경화증(多發性硬化症)으로 고생하던 삼촌이 한 분 계셨지. 팔다리를 전혀 쓰지 못하셨거든. 보고 듣고 말하는 것만 하실 수 있었단다. 종종 나한테 이야기를 해 주셨지. 우리 고모, 그러니까 삼촌에게는 동생이지. 고모와 함께 스파카 나폴리 구역에 사셨어. 고모는 재봉사셨고. 두 분은 가난했는데 삼촌이 라디오 듣는 걸 그렇게 좋아하셨단다. 세상에서 일어나는 일은 다 알고 계셨고, 나한테 잠바티스타를 읽어 보라고 처음 이야기해 준 분도 바로 그 삼촌이야. 그런데 본인이 직접 채널을 돌릴 수가 없었던 거지. 손을 쓸 수가 없었으니까. 일하고 있는 고모를 불러서 채널을 좀 돌려 달라고 부탁을 해야 했는데, 그 말은 고모가 종종 일을 멈춰야 한다는 뜻이었지. 그래서 가끔은 고모를 방해하지 않기 위해 재미가 없는 방송도 듣고 그러셨거든. 그 이야기를 들은 내가 라디오와 튜너를 들여다보고 설계도를 그렸단다. 그렇게 삼촌이 코로 채널을 돌릴 수 있는 튜너를 만들었지!

돈에 파묻혀 지냈을 테고, 당신도 곧 익숙해졌을 거예요. 비카가 소리친다. 내가 사십 년만 젊었어도!

부탁이야, 여보….

매일 새벽 네시까지 일했을 거야. 마지막 손님은 세시쯤 받았겠지!

제발 그만해….

당신, 모든 걸 다 잃어버리기까지 너무 오래 걸렸어요. 내가 더 젊었을 때 그랬어야 하는데. 그랬더라면 목소리 말고 다른 걸로도 당신을 도와줄 수 있었을 텐데.

네덜란드로 돌아가! 비코가 소리친다. 킹도 데리고 가 버려. 암스테르담에 있는 오빠한테 가라고.

오빠!

당신을 받아 줄 수밖에 없을 거야. 돌아가. 아직 시간이 있을 때 돌아가라고. 나는 그냥 내버려 두고.

너무 오래 걸렸다고! 비카가 소리친다.

이제 두 사람 다 자리에서 일어나 서로에게 고함을 친다. 지나가는 사람들은 놀람과 역겨움에 슬슬 옆으로 물러난다.

지나가는 사람들은 역병에 걸린 새로운 희생양 셋을 보고 있다. 마음 깊은 곳에선 모두들 이 역병에 대해 아무도 진실을 말해 주지 않는다는 것을 안다. 누가 어떻게 이 역병에 걸리는지 아무도 모른다. 그래서 어디를 가든 전염에 대한 두려움이 있다.

1656년 나폴리에 역병이 퍼졌을 때 말이다, 킹. 열 명 중 일곱 명이 죽어 나갔단다.

우리의 모습, 우리 셋, 나이 든 남자와 나이 든 여자, 그리고 그들의 개가 배달용 출입문 앞에 앉아 서로에게 소리를 지르는 광경. 판지 조각을 밟고 서서, 지저분한 손은 퉁퉁 부었고, 눈가는 촉촉한 채로, 자신들의 처지를 낮게 해 보려는 노력은 전혀 하지 않고, 희망이나 합리적인 생각에는 무관심한 존재들. 그 광경은 역겹고 전염성이 있다. 그런 광경이 확신을 좀먹고, 확신이 없으면 면역력을 약화시킨다.

쓸어 버려야 해. 손에 휴대전화를 든 남자가 중얼거린다. 저런 것들은 길거리에서 몰아내야 돼. 우리를 지나치던 그가 나를 발로 찬다.

떠나지 않을 거야. 비카가 숨을 헐떡이며 말한다.

내가 없으면 당신은 살 수 있어. 비코가 대답한다.

안 돼요.

수레는 여기 두고 킹을 데리고 가. 오늘 밤부터 해 보는 거야. 그가 말한다.

절대 안 돼!

여기 남는 건 아무 의미도 없다고, 정말 아무 의미도 없어. 당신이 그렇게 말했잖아.

그런 말 한 적 없어요. 젠장, 없다고! 그냥 내가 노래하게 모자를 벗으라고 한 것뿐이야.

당신이 노래 부르는 거 원하지 않아.

비카는 운다. 작은 눈물 방울이 코 양 옆으로 흘러내린다. 그녀는 다시 배달용 출입문에 등을 기대고 앉는다. 비코도 앉는다. 둘의 어깨가 닿고, 나는 비카의 얼굴을 훑으려 하지만 그녀가 밀어낸다. 비코는 자신의 시계를 바라본다.

나는 다음 시간에도 해야 할 일을 하지 않을 거야. 그가 말한다.

비카는 소리 없이 흐느낀다.

잠깐 눈 좀 붙여요. 내가 말한다.

비카가 비코의 어깨에 머리를 기댄다.

출발해야 해. 두 시간 후면 어두워질 텐데.

나한테 전등이 있어요. 그녀가 눈을 감은 채 말한다.

나는 지나가는 사람들의 발목을 쳐다본다. 남자 발목, 여자 발목.

바지, 스타킹, 맨 다리. 리복, 굽이 높은 여자 구두, 스니커즈, 긴 부츠. 사무실은 문을 닫고 사람들은 셔터를 내린다. 신발 옆면이 아침보다는 복숭아뼈에 조금 더 가까워졌다. 웨이퍼 한 개만큼. 사람들은 모두 출근할 때보다 퇴근할 때 키가 조금 작아진다.

비코와 비카 둘 다 눈을 감고 있다. 하늘의 구름이 거리를 지난다. 해변에 있는 이 도시에서 구름은 모두 바람에 조각조각 찢어진다. 구름은 절대 이곳에 머무르지 않는다. 구름은 모두 떠나간다. 두루마리구름과 양떼구름.

오 분 후에 가자. 비코가 눈을 뜨지 않은 채 말한다.

나는 잭의 말을 떠올린다. 아직 두 사람에게 그 말을 전하지 않았다.

모두들 빨리 돌아오래요. 내가 말한다.

누가? 비코가 묻는다. 눈은 여전히 감은 채.

잭 남작이요.

왜? 비카가 묻는다.

문제가 생겼나 봐요. 내가 말한다.

잭을 기다리고 있었던 거니?

비카의 질문이 너무 바보 같아서, 나는 못 들은 척한다. 그녀는 늘 상대를 황급히 되돌아오게 한다. 비코라면 나란히 발을 맞춰 걸을 수 있다.

시청에는 갔대? 그녀가 묻는다.

코트가 찢어졌어요. 내가 말한다.

아침에 입은 코트, 마음에 들었는데…. 비카가 말한다.

사 분 후에 가야 해. 비코가 말한다.

피자 배달 오토바이가 붕붕거리는 소리가 들린다. 화난 벌처럼 높은 소리. 벌들도 우리처럼 두려움에 유난히 민감한 종이다. 벌들은 두려울 때 침을 쏜다.

오토바이 기사는 앞바퀴를 거치대 틈에 넣는 동시에 시동을 끈다. 눈을 감아도 기사가 뭘 하는지 다 안다. 판에 박힌 순서. 기사는 빨간 헬멧을 벗고, 오토바이 뒤의 빨간 상자를 연다. 메가 치즈 크러스트 여덟 개를 넣을 수 있을 만큼 큰 상자. 그 다음엔 빨간 배달 가방을 꺼내 들고 가게로 들어가 다른 주문이 있는지 확인한다. 아직 이른 시간이다. 마지막 배달은 방금 들어온 배의 선원 네 명이 주문한 것이었다.

숨소리를 들으면 그들이 잠들었다는 걸 알 수 있다. 고양이는 콧수염이 지날 수 있는 곳으로만 다닌다. 우리 개의 경우는 귀가 그 역할을 한다. 이런 이야기를 하는 건 다른 일을 생각하지 않기 위해서다.

위험! 아주 가까운 곳에 위험이 있다. 경적과, 벽이 무너지는 것 같은 소리, 짐을 가득 실은 이십오 톤 트럭이 급정거를 하기 위해 브레이크를 밟는 것 같은 묵직한 소음이었다. 위험의 정체를 알기도 전에 나는 네 발로 일어서서 주변을 살핀다. 털이 선다. 내가 뭘 본 걸까.

멈춰 선 트럭은 반대편 차선에 있다. 운전수는 화가 난 듯 주먹을 아래위로 흔든다. 이쪽 차선에선 승용차 몇 대와 승합차, 택시가 각각 한 대씩 서 있다. 모든 것이 기다리고 있다. 전차가 언덕을 내려온다.

도로 한복판에 ―운전수와 마찬가지로 부르르 떨고 있는 트럭을 막 지난 자리쯤에― 미용실 아가씨, 아까 담배를 피우러 나왔던, 까막까치밥나무 열매색 손톱의 그 아가씨가 총총걸음으로 길을 건너고 있다. 이제 근무복은 입고 있지 않다. 찢어진 구름이 있는 하늘처럼 파란색 바탕에 흰색이 한 줌 들어간 짧은 원피스 차림이다. 그녀는 웃음을 터뜨리고, 팔을 앞으로 뻗어 엄지손가락을 치켜세우고, 나머지 손가락들도 모두 벌리고, 머리칼은 귀 뒤로 빗어 넘기고는 우리 옆에 선 빨간색 오토바이를 향해 총총걸음으로 달리며 살루스트가의 공기를 가른다.

오토바이 거치대에는 빨간 근무복을 벗은 청년이 머리를 어깨까지 늘어뜨리고 고개를 뒤로 젖힌 채 병에 든 물을 들이켠다. 그녀가 오고 있다는 걸 알고 있다. 청년은 그녀를 위해 입 안을 식히는 중이다.

청년이 천천히 길가로 걸어가 두 팔을 벌리면 그녀가 그 안으로 몸을 맡긴다. 까막까치밥나무 열매색 손톱의 손으로 그의 등을 꼭 쥔다. 트럭 운전수는 미소를 띠며 이번엔 다른 동작을 해 보인다. 과일을 따는 남자의 동작. 운전수가 클러치에서 발을 떼고, 열여섯 개의 바퀴가 달린 트럭이 베를린을 향해 움직인다.

킹, 이리 와. 비카가 속삭인다. 할 말이 있어. 조용! 저이 깨우지
말고.

아가씨가 차들 세우는 거 봤어요? 내가 묻는다.

아냐, 청년이 세운 거야.

남자는 계속 보도에만 있었다고요. 내가 말한다. 개똥처럼요.

남자가 세운 거라니까! 비카가 목소리를 높인다.

눈 감고 있었잖아요. 내가 말한다. 자고 있었다고요. 차들을 세운
건 여자였는데.

남자가 없었으면 할 수 없었겠지. 내 말 뜻은 그거야.

남자는 쳐다보지도 않았어요.

거기 있었잖아! 그게 중요한 거야. 여전히 높은 목소리가 말한다.

지금은 키스하고 있어요. 내가 말한다.

거기 있었잖아. 비카는 계속 높은 목소리로 말을 잇는다. 남자가
거기 있었다는 게 모든 걸 바꿔 놓은 거야! 여자는 남자가 거기 서
있는 걸 본 거고. 거기, 아무도 없던 자리에 말이야. 자리가 비었
다고 할 때처럼 비어 있는 것도 아니었어. 그 누구를 위한 자리도
아니었지. 지긋지긋할 만큼 늘 그 모양인 살루스트가였는데…, 갑
자기 그가 그 자리에 나타난 거야.

133

아무것도 개의치 않는 목소리는 이제 중얼거림으로 바뀐다. 아가씨가 미용실에서 나와, 킹, 오늘 할일을 마치고. 신발을 갈아 신지. 하이힐을 신은 채 미용실에서 온종일 서서 일할 수는 없으니까. 가게에서 나와 길 건너편의 피자헛을 쳐다봐. 빨간 헬멧을 쓴 남자의 친구들을 몇 번 마주친 적이 있는데 여자는 그 친구들을 좋아하지 않아. 인간 말종들이라고 생각했지. 그 시간에 거기서 남자를 만날 거라곤 생각도 못 했던 거야. 불과 두 시간 전에 만났었는데 그 남자가 거기 있었던 거야. 거기 있었다고, 킹. 빨간 재킷 차림으로 오토바이에 걸터앉은 채 머리를 뒤로 젖히고, 물을 마시고 있었지. 여자는 그에게 달려가는 거야. 그이가 거기 있기 때문에 오늘은 차에 치이지 않을 거라고, 스스로에게 말하지. 여자는 망설이지 않고 곧장 도로로 뛰어드는 거야. 오늘은 차에 치이지 않을 거라고 스스로에게 말하지 않았다면 그런 행동은 할 수 없었겠지. 그녀는 웃으며 차도로 뛰어들었고, 차들도 그녀를 위해 멈춰 준 거지.

지금은 키스하고 있어요. 내가 다시 말한다.

오늘은 차에 치이지 않을 거야. 비카가 다시 혼잣말처럼 내뱉는다. 그이가 거기 있으니까, 그이가 거기 있으니까!

미용실 아가씨는 남자의 입에 익숙해져 있음을 알 수 있다. 어디를 가야 할지 알고, 손가락으론 남자의 눈꺼풀을 쓰다듬는다.

너한테 해 줄 이야기가 있어, 킹. 오래전에 나도 저 아가씨만큼 젊었지. 사스키아라는 친구와 함께 지냈는데 그 친구는 취리히의 안경업자와 결혼했거든. 나는 음악학교에서 첫 학기를 다니던 중이

었고 말이야. 그때는 발도 작아서 나는 하얀 샌들을 신고 다녔단
다. 내가 그때 어땠는지 너는 상상도 못 할 거야, 킹. 대단히 아름
다웠다는 말은 아니야. 아주 싱싱하고, 아주 건강했지. 내 생각엔
반짝반짝 빛이 났던 것 같아. 혼자서 호숫가를 걷고 있었지. 아이
스크림을 먹으면서 말이야. 뜨겁고 무거운 팔월 오후였단다. 비가
내리기 시작했어. 비가 어찌나 세게 오던지 나뭇잎이 찢어져 떨어
졌고, 호수에 떨어진 물방울은 감자를 넣었을 때 프라이팬에서 기
름이 튀듯이 다시 튀어 올랐지. 나는 면드레스를 입고 있었거든.
아직도 기억이 나. 월계수잎처럼 아주 짙은 녹색. 월계수잎의 녹
색이 내 긴 금발이랑 잘 어울렸단다. 그래서 비가 쏟아붓기 시작
하자 길을 건너 가장 가까운 집으로 달린 거야. 번들번들한 잡지
로 머리를 가린 채 그 집 문 앞에서 계속 아이스크림을 먹었지. 그
땐 아이스크림도 잘 몰랐어. 그때는 말이야, 나한테는 초콜릿을
씌운 아이스크림과 안 씌운 아이스크림, 그리고 얼음, 그게 전부
였단다. 나폴리에서 아이스크림을 알려 준 건 저이였지만, 아직
저이는 거기 없었지. 그 시절에 네덜란드 아가씨가 아이스크림에
대해서 뭘 알았겠니?

제가 만났던 네덜란드 아가씨는 함부르크로 가는 트럭에서 만난
여자가 유일했어요. 나는 눈으로 그녀에게 말한다. 밤이면 아가씨
는 트럭 뒤에서 운전수와 섹스를 했는데.

아이스크림을 먹는데 한 남자가 서류가방으로 머리를 가린 채 마
치 드리블하듯 빗속을 달리고 있는 게 보이는 거야. 처음엔 웃기
다고 생각했지. 좀 웃었던 것 같아. 그 남자가 온통 발끝으로만 달
리고 있었거든. 그런데 가만 보니 그 남자가 내가 서 있는 문 앞으

로 비를 피하려고 달려오는 거지 뭐니. 내 옆으로 들어와서, 가방을 내려놓고 다른 손으로 젖은 양쪽 어깨를 털고, 흰색 셔츠의 단추를 바로 잡고, 천천히 고개를 흔들며 머리에 묻은 물기를 털어냈지. 가끔 너도 그렇게 물기를 털잖아. 남자는 그런 다음에야 내 쪽으로 고개를 돌렸어.

잘생겼어요?

잘생긴 게 뭐니, 잘생긴 아가? 비카는 내 귀를 만진다.

그 남자랑 함께 가고 싶었어요?

모르는 사람이었어. 나를 신경 쓰지도 않았지. 옷을 잘 입었더구나. 달리는 모습을 보고 이탈리아 사람일 거라고 생각했지. 드리블하듯 달리던 그 모습 말이야. 호락호락한 사람이 아니라는 것 정도는 나도 알겠더라고. 그 남자와 떠나고 싶다는 생각은 안 했어. 그리고 잘생긴 거에 대해 의견 일치를 보이는 여자들은 아무도 없단다. 그건 잴 수 있는 게 아니니까. 계속 바뀌기도 하고 말이야, 그렇지 않니? 유행은 왔다가 가는 거지. 가는 거야.

나는 비코 쪽을 보지 않으려고 주의했다. 비카는 필요하다면 자기 목을 찌를 수 있는 사람이다. 물론 그 다음엔 인상을 찌푸리겠지만 꼭 해야 하는 일이라면 그녀는 할 것이다. 비코는 아니다. 그는 못 한다. 기껏해야 권총으로 머리를 날리는 정도일 것이다.

권총으로? 비카가 속삭인다. 그녀가 그 정도로 내 생각을 읽어내는 줄은 몰랐다.

권총을 가지고 다니던 때도 있었지. 비카가 미소를 지으며 말한다. 카모라(Camorra, 십구세기 초 나폴리를 기반으로 조직된 이탈리아의 범죄조직—옮긴이)에게 쫓길 때 그랬어. 네 말이 맞아. 저이는 총을 정말 쏘지는 못했을 거야. 하지만 사람들에게 알리고 권총을 주머니에서 꺼내 직접 보여 주었지. 그렇게 다른 식으로 자신을 보호했던 거란다. 그 총은 은색 베레타였어. 카모라가 돈을 내놓지 않으면 공장을 닫게 해 버리겠다고 한 적이 있었거든. 당시에는 공장이 리비에라 디 키아이아에 있었지.

이제 보도에 쓰러져 자고 있는 비코가 잠든 아이처럼 주먹을 입에 가져다 댄다.

아저씨가 뭐라고 했어요? 내가 묻는다.

못 낸다고 했지. 목에 칼이 들어와도 못 낸다고.

취리히에서 뭐라고 했냐고요. 맨 처음 문 앞에서 만났을 때요.

아무 말도 안 했어. 저이는 초조함을 못 참아서 입을 여는 그런 남자는 아니었으니까. 나도 아무 말 안 했지. 저이는 그 정도로 확신이 있었던 거야. 머릿속에 있었다는 게 아니야. 그건 그렇게 속일 수 있는 게 아니니까. 저이의 확신은 발에, 몸에 있었단다. 마치 동물처럼.

예를 들면 저처럼요.

너랑 달라. 너는 항상 겁먹고 있잖아. 너는 자신감이 없다고, 킹. 인정해야지. 그때 저이는 사슴 같았어. 사슴이 멍청할지는 몰라도 확신은 있잖아. 서 있는 모습을 보면 알 수 있단다. 발굽에서 뿔까지 온통, 한순간의 머뭇거림도 느껴지지가 않지. 저이도 그렇게 내 옆에 서 있었고, 나는 그를 돌아봤지. 아주 차분하게. 아직 코끝에서 빗물이 흘러내리고 있더구나. 결국 그가 입을 열었어. 우리 둘 다 해변에서 수영을 한 셈이네요! 우리 둘이서. 잔니라고 합니다. 이름 알려 주세요. 말하는 게 되게 웃겼단다. 오페라 대본을 읽는 것처럼, 이탈리아 억양으로 독일어를 했지. 마치 바그너 오페라를 하고 있지만 사실은 베르디를 더 좋아하는 사람처럼 말이야. 물론 그때는 저이가 오페라를 그렇게 좋아하는 줄은 몰랐어. 그때는 저이에 대해서 아무것도 몰랐지. 저이가 거기 있었어. 그게 전부야. 그래서 속으로 생각했지. 오늘은 차에 치이지 않을 거야, 라고.

저도 아저씨 처음 봤을 때 목소리를 제일 먼저 알아차렸어요. 내가 말한다.

네가 처음 봤을 때는 내가 만났던 그 사람이 아니었어, 킹.

목소리는 똑같잖아요.

그게 목소리의 끔찍한 점이지. 그녀가 말한다.

그 다음엔 어떻게 됐어요? 내가 묻는다.

커피 한잔 하자고 하더구나. 내가 무슨 일을 하는 분이냐고 물었더니 발명가라고 했어.

삼촌 이야기도 해 줬어요?

아니, 공장 이야기를 하고, 내 드레스가 세상에서 가장 아름답다고 했어. 〈폭풍우〉라는 그림이 있는데 거기 녹색 풍경이 내 드레스의 녹색이랑 완전히 똑같다고 했지.

조르조네 말이죠.

세상에, 그걸 네가 어떻게 알지?

저한테도 이야기해 줬어요.

저이가 이야기 안 한 게 뭐니?

잊어버린 건 이야기하지 않았겠죠.

비카는 눈을 가볍게 두드린다.

나는 아무것도 잊지 않았어. 그녀가 말한다. 우린 매일 만났는데 갑자기 저이가 이탈리아의 공장으로 돌아가야 할 일이 생긴 거야. 혹시 유부남이 아닌지 의심이 들더구나.

아니었잖아요.

알아, 하지만 그때는 확실히 믿을 수가 없었으니까.

그리고 다음 달에 아저씨가 취리히로 돌아와서 아저씨의 아파트에서 함께 지냈죠?

너무 많이 알고 있구나, 킹. 너무 많이 아는 게 너한테 좋지는 않아. 그러니까 항상 겁을 먹고 있지.

아파트에 타일로 된 난로가 있었죠? 타일엔 튤립이 그려져 있고.

아니.

아저씨가 그렇게 말하던데요.

튤립이 그려진 타일은 없었어.

신경 쓰지 마세요. 내가 말한다.

튤립 이야기는 언제 한 거니?

기억 안 나요.

나중에 내가 튤립이 그려진 타일을 샀지. 비카가 말한다. 깜짝 선물로.

네, 처음부터든 나중에든 중요한 건 아니에요. 아저씨는 튤립을 마음에 들어 했으니까. 내가 말한다.

내가 머리를 기대고 싶어 하는 자리는 다음과 같다. 비코의 몸에서는 마지막 갈비뼈 아래 명치, 혹은 목 바로 옆 쇄골에 내 턱을 놓을 때가 좋다. 비카의 몸에서 내가 가장 좋아하는 자리는 그녀가 앉았을 때 배와 허벅지 사이, 그리고 엎드려 누웠을 때 조그만 등, 살짝 잠들었을 때의 옆머리다. 지금은 그녀의 허벅지를 베고 이야기를 듣고 있다.

대부분의 미소는 너무 많은 약속을 하지. 그거 눈치 챘니, 킹? 너는 미소를 의심할 수밖에 없겠지. 한 발 물러나잖아, 그렇지? 대부분의 미소는 속임수를 위한 거야. 저이의 미소는 아무 약속도 하지 않았단다. 아무것도. 그래서 그 미소를 사랑한 거지. 거기에 대해선 한 번도 의심해 본 적 없어. 저이의 미소는 바로 그 순간 자신이 원하는 걸 모두 가졌다는 뜻이었으니까. 내 손가락을 그의 이 사이에 갖다 댈 수도 있었어. 그 미소는 또한, 내가 위협을 당하면 그게 무엇이든, 나를 위협하는 것의 목구멍 속으로 그가 달려들 거라는 뜻이었지.

저이는 내가 한 번도 본 적이 없는 사람이었어. 내가 보지 못한 것, 내가 보지 못했다고 생각하는 모든 것이었지. 그래서 저이는 나한테 친숙하지만 들어 본 적 없는 어떤 것이었어. 저이는 아무 약속도 하지 않았단다. 그리고 약속을 했어도 내가 믿지 않았을 테고.

나도 모르는 새, 나는 한숨을 짓거나 짖는다. 조용하게. 너무 조용해서 혓바닥 아래 머물러 있는 짖음도 있다. 하늘색 원피스를 입은 미용실 아가씨가 피자헛 청년의 입에서 자신의 입을 떼고 고개를 돌려 나를 쳐다본다. 내 한숨 소리를 들은 것이다.

어린 개예요?

나만큼 늙지는 않았지. 비카가 날카로운 목소리로 말한다.

젊음은 한 번뿐이죠. 아가씨가 말한다.

아니. 비카가 여전히 날카로운 목소리로 대답한다. 수백만 번 젊을 수도 있고, 수억 번 젊을 수도 있지만, 나중에 돌아봤을 때 한 번으로 보이는 것뿐이야.

걔는 몇 살이에요?

몰라. 우리 남편도 몰라. 이웃 사람들 아무도 모르지. 열여덟 달 전에 그냥 나타났어.

오래전은 아니네요.

영원이지! 비카가 날카로운 목소리로 말한다. 여기서 영원은….

이름이 뭐예요? 피자헛 청년이 묻는다. 청년은 자신의 눈 위에 걸 친 아가씨의 머리칼밖에 보이지 않는다. 아가씨의 몸 냄새, 그 누 구의 냄새도 아닌 그 냄새가 나는 머리칼. 이름이 뭐예요?

우리는 킹이라고 불러. 전에는 다른 이름이 있었겠지. 이름을 바 꿔 버리면 일이 더 간단해질 때가 있잖아. 그래서 킹이라고 불러. 이름이 킹이지, 그렇지?

영리한 녀석이네요. 피자헛 청년이 말한다. 우리 이야기를 듣고 있는 모습을 보면 알 수 있어요.

자기 남자친구 목소리 마음에 드네. 비카가 아가씨에게 말한다. 남자 목소리를 들어 보면 많은 걸 알 수 있지.

두툼한 입술도 예뻐요. 아가씨가 청년의 입술을 살짝 핥은 후 속 삭이듯 말한다.

비카가 말을 잇는다. 오늘은 차에 치이지 않을 거야, 라고 생각했 지, 그렇지 않아? 사랑스러운 아가씨, 길을 건널 때 말이야.

장거리 운전수 같은 일을 할 거예요. 청년이 말한다. 개가 필요할 텐데.

제가 놔주지 않을 거예요. 아가씨가 말한다. 시골로 이사 가서, 사람들 집에 직접 방문해서 머리를 깎아 줄 생각이에요. 결혼식이나 첫 영성체(領聖體), 장례식이 있으니까 일은 꾸준히 있겠죠. 그렇죠, 아줌마?

저는 집도 한 채 있어요. 청년이 말한다.

멀어요? 내가 묻는다.

아직은 아무한테도 이야기 안 할 거야. 이 친구한테도.

미용실 아가씨와 피자헛 청년이 떨어진다. 아가씨는 남자의 다리에 바짝 붙이고 있던 허벅지와 무릎에 힘을 빼고, 귀가 제자리로 오게 천천히 턱을 내리고, 꼭 쥐고 있던 남자의 등을 놓아준다. 그동안 청년은 아가씨가 멀어지지 않게 그녀의 엉덩이 옆을 단단히 쥔 채, 한 걸음 뒤로 물러난다. 그런 다음 둘은 같은 오븐에서 이제 막 나온 두 덩어리의 빵처럼 서로를 보고 미소 짓는다. 청년은 어깨에 둘렀던 빨간 줄을 풀고 —이제 일을 마쳤다— 아가씨는 까막까치밥나무 열매색 손톱으로 남자의 셔츠 단추를 바로잡아 준다.

맞아요. 오늘은 차에 치이지 않을 거예요, 아줌마! 남자친구와 손을 잡고 피자헛으로 들어가며 아가씨가 비카에게 살짝 말한다.

남자가 진짜로 여자와 다르게 보이는 자리가 어딘지 아니, 킹? 네가 생각하는 거기가 아니야. 거긴 그냥 다른 방식으로 묶여 있는 것뿐이지. 다른 리본으로 말이야. 거긴 아니야. 정말 다른 곳은 여기, 어깨 옆이야. 나는 남자의 지붕이라고 부르는데, 어깨에서 가

143

슴으로 이어지는 살짝 기울어진 부분이지. 머리나 팔, 성기, 발이 없는데도 여전히 남자 몸처럼, 틀림없이 남자 몸처럼 보이는 조각상들은 왜 그렇겠니? 바로 그 부분, 매력적인 지붕 때문이야. 우리가 지내던 아파트 창문으로 취리히 남자들을 볼 수 있었단다. 모든 남자의 어깨엔 봉긋 솟은 부분이 네 군데 있는데 사람에 따라 단단하기도 하고 부드럽기도 하지. 그것들을 꼭 쥐곤 했어. 가지고 놀고, 내 볼을 꼭 대 보고, 이름도 지어 주었단다. '힘'도 있고, '신중함'도 있고, '정의'도 있었는데, 네번째는 이름이 뭐였는지 지금 기억이 안 나네. 미안하다, 킹. 그 이름들 이야기를 했더니 저이는 웃으면서 내게 어쩔 수 없는 칼뱅주의자라고 하더구나. 그때는 그랬을 수도 있지만, 곧 아니게 되었지. 얼마 후에 나는 더 이상 칼뱅주의자가 아니었어. 하지만 그 후에도 남자 몸의 아름다움은 늘 어떤 꼿꼿함, 당당하게 선 꼿꼿함을 떠올리게 했지만.

꾸부정한 남자도 많아요. 내가 그녀의 허벅지에 대고 중얼거린다.

뒤에는 어깨뼈가 있고, 앞쪽에 그 지붕이 있는 거야. 두 사람을 위한 지붕. 저 미용실 아가씨한테 물어보렴, 킹. 아가씨도 내가 무슨 말을 하는지 알 테니까.

남자는 막 앞으로 걸음을 옮기려 할 때 가장 아름답지. 배가 지붕 아래 팽팽한 커튼처럼 살짝 흔들리고, 막 앞으로 나가려는 그 순간 말이야. 성기는 커튼 뒤에 숨은 비둘기 같고, 그의 팔, 여자를 안으려고 허공에 뻗은 그 팔은, 몸으로 이어지는 겨드랑이 안쪽이 따뜻하고, 날씬한 엉덩이가 지붕 아래 툭 튀어나와, 여자가 밤새 머물 수 있는 공간을 만드는 거야. 날씨에 상관없이 말이지. 그때가 남자가 가장 아름다운 순간이란다, 킹.

어깨에서 시작해 작은 길이 젖꼭지까지 이어지지. 살짝 튀어나온 젖꼭지가 거기 있을 이유는 전혀 없어. 앞니로 그 길을 따라 갔단 다. 그때는 내 이도 하얬어, 킹.

저이는 어깨에서부터 시작해 아래로 갈수록 점점 날씬했지. 뒤집 어진 나무처럼 말이야. 그래서 가끔은 발을 그의 귀 옆에 두고 거 꾸로 누워 커다란 발가락을 빤 적도 있지. 팔을 둘러 마치 나무의 크기를 재듯 저이를 재 보려고 말이야.

챙이 넓은 검은색 모자를 쓴 노인이 우리 앞에 멈춰 선다. 깨끗한 옷과 연륜의 냄새가 난다. 비카는 손을 뻗고 있다. 내게 이야기를 하는 동안 내내 들고 있었다. 가끔 손이 내려오기도 하고, 귀를 긁 기도 했지만, 대부분은 지나가는 사람들을 향해 뻗고 있었다. 지 나가는 사람들은 우리가 하는 이야기를 듣지 않는다. 그냥 청바지 를 입은 덩치 큰 여인과 그 여인의 무릎을 베고 누운 개, 그리고 그 뒤로 잠이 든 노인을 볼 뿐이다. 챙이 넓은 검은색 모자를 쓴 남자 는 지갑에서 이십짜리 지폐를 꺼내, 불편한 몸을 굽혀 비카의 손 에 내려놓는다. 그녀는 고맙다는 듯이 조심스럽게 돈을 움켜쥔다. 말은 하지 않는다. 다른 손으로 신호를 보낸다. 학교 교문 앞에서 엄마들이 떨어지기 싫어하는 아이들에게 가라고 용기를 북돋아 주기 위해 지어 보이는 신호. 노인은 몸을 일으켜 전보다는 조금 좋아진 기분으로 대로를 향해 발걸음을 옮긴다.

나는 저이를 믿은 거야, 킹. 그를 만질 때마다 믿었지. 자신이 믿 는 것을 말하는 법을 우리는 알고 있는 걸까. 말할 수 있다면 그건 더 이상 사실이 아닌 거야. 믿음이 사라진 거지. 나는 삶이 나를 이 남자에게 이끈 거라고, 그리고 그 똑같은 삶이 저이를 그때의 저이가 되게끔 이끈 거라고 믿었단다. 저이가 어떤 사람인지는 만져 보면 알 수 있었고 말이야. 저이가 하는 말은 거의 듣지 않았어. 말이 아니라 저이의 목소리를 들었던 거고, 그를 만졌지.

나는 우리가 만났을지도 모르는, 들어 보지 못한 기회를 포기하는 대신 모든 것이 다시 삶을 되찾는, 그런 삶을 살게 될 거라고 믿은 거야. 늘 새로워지는 저이에게 익숙해질 수가 없었단다. 저녁에 집에 돌아올 때면 새 사람이 되어 있었지. 아침에 일을 하러 갈 때도 아주 새 사람이 되어 있었어. 오늘은 차에 치이지 않을 거라고 나는 매일 아침 속으로 생각했단다. 저이를 마음속 깊이 외우고, 내 손가락이 저이의 몸에 있는 작은 주름 하나하나까지 모두 기억하고 있었지만, 그때도 저이는 새로웠어. 나보다 나이가 많았지. 이미 하나의 삶을 살았던 그였지만 그래도 여전히 새로웠던 거야.

꼬리로 비코의 다리를 찌를 수도 있을 것 같다. 그렇게 가까이서 그는 보도 위에 늘어져 자고 있다. 비카가 하는 이야기는 모두 그의 눈 근처에 있지만, 그의 눈은 감겨 있다. 잠이 최고다.

다른 남자들도 있었단다, 킹. 너도 알겠지만 저이 전에도 있었고 후에도 있었지만 그런 감정은 다시 없더라고. 다른 남자들은 뭔가를 했지. 저이는 그냥 있었을 뿐이고.

꼬리로 비코의 다리를 찌른다.

오페라 보러 가자! 어느 날 밤 저이가 그러더구나. 취리히에는 오페라 없잖아요. 내가 말했지. 예약해 놨어. 저이가 말했지.「일 트로바토레」, 밀라노의 라 스칼라 극장! 오늘 밤에 야간기차 타고 갈 거야.

저이는 나를 궁금하게 하는 결정들을 하곤 했지. 마치 자신이 내리는 결정들이 모두 비밀을 담고 있는 봉투라도 되는 것처럼 말이야. 그리고 결정을 내리고 나면 나한테 건네기 전에 봉투를 풀로 붙여 버리는 거야. 깜짝 놀라게 할 일을 꾸미는 걸 무엇보다 좋아했어. 그리고 놀랄 일이 터지면 좋아서 어쩔 줄 몰라 하는 나를 보는 걸 좋아했지.

비카가 양손으로 박수를 치기 시작했다. 나는 코를 손 사이에 밀어 넣어 못 하게 한다. 아직은 비코가 깨지 않는 게 좋다. 맥주를 마신 후에 비카가 이야기를 많이 할수록 싸움이 벌어질 확률은 줄어든다.

어머니 생일 선물은 뭐가 좋을까? 저이가 물었어. 당신 어머니 모르는데요. 내가 말했지. 당신을 주는 거야! 자 여기! 저이가 주머니에서 나폴리행 비행기표 두 장을 꺼내더구나.

당신이 온다고 해서 불을 급하게 껐나 봐. 비행기에서 저이가 말했지. 베수비오 산이라고! 지금은 연기만 나지. 그 캄파리를 마셔 봐! 나는 저이에게 키스를 했어. 그리고 바닷가에 있는 공항에 착륙을 했어. 저이 어머니는 까만색 귀걸이를 하고 새를 키우며 혼자 살고 계셨지. 이층 창문에 새집 여섯 개를 걸어 두셨는데 새들이 밤낮으로 울어 댔어.

다행히도 어머니는 팔 년 전에 돌아가시는 바람에 지금 우리 모습을 보실 일은 없지. 그분은 내가 당신 아들에게 계속 영향을 미칠 거라고 생각하셨어. 너무 멀리만 보기 때문에 가끔은 아침에 신발을 못 찾는 아이였지! 어느 일요일 아침 교회 가는 길에 그렇게 말씀하시더구나. 내 말 새겨들어요. 계속 말을 이으셨어. 나이가 들면 달라질 텐데 나는 그걸 못 보겠지. 그래도 내 말 새겨들어요. 우리 아들 잔니가 달라져도 옆에 있어 줄 거죠, 그럴 거지?

하루는 내가 욕실에서 머리를 감고 있는데 이렇게 속삭이시더구나. 제때에 잘 맞춰서 왔어요. 미아 코콜리나(mia coccolina, '내 어여쁜 사람'이라는 뜻의 이탈리아어―옮긴이). 일요일에 레뇨스 알토스의 노스트라 마돈나(Nostra Madonna di Regnos Altos, 사르디나 지방에서 역병을 막아 준 것으로 알려진 성녀를 기념하는 축일. 구월 둘째 주―옮긴이)를 볼 수 있을 거예요.

마돈나는 에스파냐 구역에 있었지. 빨아 놓은 세탁물을 제외하곤 모든 것이 지저분한 곳이었어. 사람들이 누더기 같은 옷을 늘 빨고 있는 곳. 집들은 작고, 각 층에 방도 하나씩밖에 없고, 골목은 좁고 지저분한 곳.

잠바티스타 비코가 살았던 곳에서 멀지 않아. 잔니가 말했지. 최초로 근대적 사고를 한 천재가 태어난 거리에서 멀지 않다고! 왜 그가 최초로 근대적 사고를 한 천재인지 알아? 신은 무력하다고 맨 처음 생각한 사상가니까. 그 말을 들으신 저이 어머니가 성호를 그으시더구나.

내가 왜 이 이야기를 너한테 하는 걸까, 킹?

제가 듣고 있다는 거 아시니까요.

조금도 도움이 안 되는 일인데.

좀 더 가까워질 수 있잖아요.

어디에?

아줌마랑 저는 모르는 뭔가에.

좁은 골목에 사람들이 가득한 거야. 이사를 하는 거지, 킹. 남자들, 여자들, 아이들이 모두 골목으로 쏟아져 나오는 바람에 잔니와 나는 계속 이리저리 떠밀려 다니는 거야. 어머니는 집으로 돌아가시고 말이야. 우리가 있던 골목과 만나는 다른 골목에서도 상황은 똑같아. 조용한 구석은 어디에도 없지. 모두들 어딘가로 떠나는 중이야. 남자들은 자기 키의 두 배쯤 되는 골풀 더미를 등에 지고, 여자들은 둘둘 만 카펫과 갠 옷들, 속옷과 거울, 촛대를 들고 문을 나서지. 그리고 아이들은 판지로 만든 빈 상자가 한 차 가득 있는 걸 발견하고는 그걸로 탑을 쌓고 말이야. 왜 그러는지 이유는 몰라. 베수비오 산이 다시 폭발이라도 하는 걸까? 귀중품을 챙겨서 안전한 다른 곳으로 피하라는 경고라도 받았던 걸까.

잔니와 함께 있으니까 무섭지는 않아. 그는 나한텐 아무 이야기도 해 주지 않더구나. 그냥 짐작만 하게 내버려 두는 거지. 당시엔 종종 그럴 때가 있었어. 내가 뭔가를 배우기를 바랄 때 저이는 그런 식으로 했단다. 선생님 같은 미소를 띤 채 지켜보는데, 잠시 후면 기쁨의 미소로 바뀌곤 했지. 뭔가 모르는 채 있는 나의 모습이 저이에겐 신기했고, 거기서 기쁨을 찾았으니까. 노촐레 아이스크림을 먹는 내 모습을 지켜보며, 자신이 맨 처음 노촐레를 먹었을 때를 떠올리는 거야!

남자들은 색등과 접는 사다리, 장대를 옮기고, 휠체어에 앉은 남자는 색종이가 붙은 실을 풀고 있었어. 하트와 다이아몬드 모양의 색종이들. 아이들이 판지로 만들어 세운 탑 옆에는 여자들이 벨벳 옷감을 펼쳐놓았단다. 벨벳은 꿈이고, 벨벳은 밤이고, 벨벳은 환영인사지. 벨벳은 창녀고, 벨벳은 사랑이야, 킹. 벨벳 위에 여자들은 반짝반짝 광을 낸 보물들을 늘어놓아.

다른 남자들은 관목을 심는데 마치 큰 나무를 심는 것 같아. 포석 사이에 가지를 꽂고 삼끈과 막대기로 안전하게 감싼 다음, 그 위로 서로 닿을 만큼 관목들을 구부리고, 끈으로 묶어 계속 그 모양을 유지하도록 하는 거야. 그럼 길은 남자가 두 팔을 벌렸을 때의 폭만 한 넓은 통로가 되지. 그 통로를 따라 사람들은 제단을 오르는 부부처럼 걸어가. 물론 잔니와 나도 걷지.

길 전체가 옷을 차려입어. 온 길이 함께 노래할 테지. 어떤 사람은 취하고, 또 어떤 사람들은 웃음을 멈추지 않을 거야. 이쪽 길은 마치 남자처럼 자리를 잡고 앉아서 밤새 먹고 마시고, 또 다른 길은 여자처럼 결혼식을 준비하지. 그리고 계단으로 이어지는 길은 뱃사람들이 집으로 돌아오기를 기다리는 거야.

잔니가 내 팔을 잡으며 말하지. 저기 출입문 옆에 작은 창 보여, 응? 밖으로 열리는 창인데 집 안에서 누가 죽으면 저리로 시신을 내보내는 거야. 절대 문으로는 안 내보내지. 너무 비좁거든. 저 집들 말이야. 가난하니까, 그래서 죽은 사람들이 느닷없이 되돌아오는 걸 바라지 않는 거야. 출입문이 열려 있을 때 슬쩍 들어오면 안 되는 거지! 저렇게 창을 만들어 놓으면 죽은 자들이 뭔가 잊고 간 게 있어도 창을 두드려야만 하는 거야. 너무 걱정하지는 마. 지난 몇 달간은 아무도 죽지 않았으니까. 누군가 죽으면 일 년 동안은 이렇게 화사하게 꾸미지 않아.

나이 든 여인들은 얼룩과 오줌 자국이 있는 거친 벽에 레이스 달린 옷감들을 널어서 온 거리를 하얗게 만들어. 레이스는 사치고, 레이스는 외로움이고, 레이스는 기다림이야. 레이스는 손가락 꼽기이고, 레이스는 섬세함이야. 레이스는 가난한 자들을 위한 것이고, 레이스는 집중이고, 레이스는 유혹이야. 얼마나 자랑스럽겠니? 자기 레이스를 벽에 거는 그 여자들은 말야. 모두 말은 안 하지만 어떤 레이스가 최고인지 알고 있어. 어쩌면 젊었을 때는 몰랐겠지.

쓴 경험을 하고 나면 모두 레이스를 볼 줄 알게 되는 거야.

저녁이 되면 거리에는 왕이 죽었을 때보다 더 많은 꽃이 쏟아지지. 장미, 백합, 커다란 데이지, 아몬드꽃, 수선화, 인동(忍冬), 히비스커스, 개회나무꽃, 사과꽃이 가득하고, 끈으로 묶어 놓은 뿌리 없는 나무엔 월계수 화관을 걸어 두었어. 나폴리에서 볼 수 있는 모든 아이스크림색을 그대로 옮긴 듯한 색등도 불을 밝히는 거야. 스트라차텔라, 프라골라, 노촐레, 투티 프루티, 코코메로, 알비코카, 레드 체리….

비카는 노래를 하고 있다. 본인은 자신이 노래를 하고 있음을 모른다. 비코는 그녀의 노래를 듣지 않는다. 우리는 배달용 출입문 앞에 지친 몸을 누이고 있다. 들을 만한 건 전혀 없다. 비카가 내게 노래를 불러 준다.

노인들이 핏줄이 툭툭 튀어나온 손으로, 킹, 하얀 초의 흔들리는 불꽃을 지키는 거야. 그리고 집에서 꺼내 온 마돈나상이 초들에 둘러싸여 침묵 속에 기다리지.

마돈나상은 모두 말이야, 킹, 파란색과 금색으로 칠을 했어. 나무로 만든 것도 있고 도자기로 된 것도 있지. 누가 가장 부자인지는 모두 알지만 제일 가난한 자가 누구인지는 아무도 몰라. 집들의 출입문 앞에 놓인 테이블에는 작은 오븐에서 갓 구워낸 사탕과자와 아몬드로 만든 마카롱 비스킷, 은색 설탕을 바른 누런 도넛, 고양이 혀만 한 크기에 레몬 맛이 나는 웨이퍼, 그리고 아모레티 모르비디(amoretti morbidi, 쿠키의 일종—옮긴이)가 놓여 있지.

작은 마돈나상들은 언덕 위 교회에 있는 레뇨스 알토스의 마돈나가 내려와 자신들의 집에 축복을 내려 주기를 기다리는 거야. 그녀가 내려올 땐 노란 장미를 두르고 오지.

잔니가 내 손을 잡아. 오토바이를 탄 경찰관 두 명이 우리를 향해 당나귀 걸음 같은 속도로 다가오지. 거리의 통로를 따라 길을 트려는 건데, 이미 통로엔 리본이 달린 가장 예쁜 옷을 챙겨 입고 나온 어린 소녀들로 가득한 거야. 리본은 활이고, 리본은 땋은 머리고, 리본은 손목이지. 리본은 당겨 푸는 거야. 아버지들은 잘 다린 셔츠를 입고, 광을 낸 구두를 신고, 곱게 솔질한 모자를 쓰고 있어. 어제 서로의 머리를 땋아 주었던 할머니들도 있고, 무언가를 세는 할아버지들도 있지. 할아버지들은 죽은 사람을 세고, 세월을 세고, 마돈나의 수와 손주와 돈을 세고, 아직 남은 술병과 다음 복권 추첨일까지 남은 날을 세지. 어머니들은 춤을 추기 시작하는 순간 피로를 잊을 거야. 자코포 혹은 조르조만 아니면 누구든 청하는 사람과 춤을 추지. 물론 여자들끼리 춤을 출 때 자신을 가장 많이 놓아 버리는 거야. 커다랗게 출렁이는 몸 때문에 웃음이 터지고, 서로 학생 때의 이름을 부르지. 로사, 테레사, 파올라, 루치에타, 마틸다, 브리지다.

거리 청소는 어떻게 하냐고? 말해 줄게, 킹. 처음 집 안을 비우고 물건들을 모두 거리로 꺼낼 때처럼, 이젠 거리를 비우는 거야. 이젠 집처럼 느껴지는 거리를 비우고 집 안으로 물건들을 넣는 거지. 문은 모두 열어 둔 채로.

이제 악단의 악장(樂長)이 뒷걸음으로 내려와. 나는 속으로 생각하지. 잔니가 나이가 들면 저런 모습일 거야, 라고. 악장은 육십대 후반으로 보이는데, 발끝으로 걷는 가벼운 걸음걸이는 잔니의 걸음걸이와 똑같아. 팔꿈치를 높이 드는 동작이나 자신감, 어떤 리듬감까지 모두 똑같지. 그래, 잔니는 저 사람처럼 될 거야. 듣는 귀가 정확하니까, 은퇴 후엔 음악을 가르칠 수도 있겠지. 안 될 거 없잖아? 그리고 저 악장처럼 머리가 벗겨질지도 몰라.

지금은 저이를 쳐다보지 마, 킹.

악단은 음악이 넘쳐흐를 때까지 연주를 해. 모든 집 안의 선반과 찬장, 다락방, 계단에 음악이 넘쳐흐를 때까지 말이야. 악사들의 단복은 빨간색과 검은색이고, 모자에는 흰색 테를 둘렀어. 악사들 서른 명의 연령대는 다양하고.

여자아이들은 어때요? 내가 묻는다.

한번 보렴, 킹. 당시 나보다 열 살이나 어린 여자아이들이었어. 마우스피스를 문 입술이 열릴 때마다 웃음을 터뜨리는 거야. 짧은 치마와 미소 짓는 무릎, 최신의 웨지힐 신발을 신은 여자아이들은 무척 자신감이 넘쳐서 장난을 치고 싶어하는 거야. 통로를 천천히 걸어가는 그 아이들은 클라리넷과 플루트 끝에 붙어 있는 악보의 음악이, 모든 내림음과 높임음, 떨림음과 반떨림음까지, 모두 자신들의 젊음을 돋보이게 하고 더욱 빛나게 해 주기 위해 있는 것임을 알고 있기 때문에 그런 자신감을 보이는 거야. 음들은 그 소녀들의 피부 밑에서 소리 없이 춤추고, 소녀들을 따르는 다른 악사들, 벌개진 얼굴로 튜바와 바순을 부는 그 악사들은 흰색 양말을 신고 앞서 가는 소녀들을 찬양하는 게 자랑스러운 거야. 딸뻘 되는 그 어린 아이들을 말이야.

악장이 천천히 손을 내리고 음악이 잦아들지. 잔니는 담장이 낮은 곳으로 나를 데리고 가, 그 위에 서 보라고 해. 나 여기 있어. 나를 안심시키기 위해 저이가 말하지.

악사들은 물병에 든 물을 나누어 마셔. 도자기로 만든 마돈나상, 쿠션과 지난해에 딴 배가 담긴 유리병과 촛불에 둘러싸인 마돈나상이 거기 기다리고 있어. 큰 마돈나, 레뇨스 알토스의 노스트라 마돈나를 기다리는 거야.

담장 위에 선 나는 사천 명을 먹였다는, 성경에 나오는 오병이어 (五餅二魚)의 기적을 떠올려. 그렇게 좁은 골목에 그토록 많은 사람들이 들어선 기적을 내 눈으로 보고 있는 거지. 그런데도 아직 통로를 따라 내려오는 사제와 큰 마돈나상이 들어설 자리가 남아 있는 거야. 노란 장미에 둘러싸인 마돈나상이 놓인 나무판을 네 명의 권투선수 같은 남자들이 어깨 위에 지고 내려와.

두 마돈나가 아무 말 없이 서로를 마주하지. 이마가 매끈한 큰 마돈나는 손바닥을 편 채 긴 팔을 앞으로 내밀고, 그 앞에 일 년 내내 작은 집의 더블침대 위 선반에 서 있었던 작은 마돈나가 있는 거야. 둘 사이의 기적 같은 침묵이 온 거리를 채워. 꼭 끼우지 않은 색 전구의 전선에서 나는 지지직거리는 소리를 빼면 아무 소리도 들리지 않아. 꽃병에 꽂힌 꽃도 기다리고, 지저분한 벽에 널어 둔 레이스, 기침을 하는 남자들, 방 안에 있는 탁자와 의자, 접시, 나이프, 포크, 숟가락, 수건, 새로 다린 셔츠, 신발, 아이들의 양말, 어제 딴 무화과, 그리고 침묵으로 가득한 모든 방들이, 기다리는 거야. 나도 기다리고, 내 옆에 선 잔니도 기다리고. 기다리는 동안 나는 실오라기 하나 걸치지 않고 그의 앞에 섰을 때 보이는 그의 어깨 위 지붕을 생각해.

사제는 레뇨스 알토스의 노스트라 마돈나에게 이 구역과 이 구역에 살고 있는 사람과 앞으로 일 년 간 살게 될 사람들을 축복해 달라고 기도하지. 영원히 영원히, 아멘.

마돈나는 과거에 보였던, 어쩌면 지금 보이고 있는 것과 같았던 그 미소를 지어 보여. 거리는 자신의 좁은 가슴 위로 성호를 긋고, 악단이 다시 연주를 시작하고, 아이들이 소리를 지르고, 할머니들은 과자가 담긴 접시를 돌리고, 남자들은 서로에게 소리치지. 오늘 밤에 올 거야? 오늘 밤에 오는 거야? 악단의 어린 소녀들이 악보를 한 장 넘기고, 잔니가 나를 돌아보며 말해. 비코 부인이 돼 달라고 부탁하면 뭐라고 대답할 거야?

네. 내가 대답했지. 네.

그래서 결혼한 거예요?

그런 말은 하지 않았어. 그냥 저이가 물어봤다고만 했지.

네, 라고 했다면서요.

저이가 여러 번 물었는데 그때마다 기쁨에 겨워 대답했지. 네, 라고 말이야, 킹.

그런데 왜 결혼 안 했어요?

내가 언제 안 했다고 했니?

아줌마는 자기가 하고 싶은 말만 해요. 하고 싶은 말만.

나는 그냥, 킹, 처음에 어땠는지, 그리고 집이라는 게 얼마나 축복 인지 말해 주고 싶었던 거야. 그것뿐이야.

비카의 고개가 앞으로 툭 꺾이고 이내 그녀의 숨소리가 달라진다. 바다에는 떨어지는 해가 수평선 아주 가까이 걸려 있다. 살루스트 가(街)의 상점 문 앞에선 바다도 일몰도 보이지 않지만 지금 해가 어디쯤 있는지는 구름 색깔로 알 수 있다. 비코와 비카는 잠들었 다. 둘 다, 코트를 꼭 덮은 채.

구름에 비치는 햇빛이 더 이상 남지 않으면 두 사람을 깨울 생각이다. 비코를 깨울 때는 주먹을 가볍게 깨문다. 다른 방법도 써 봤지만 그게 비코가 제일 좋아하는 방식이다.

비카를 깨울 때는 입으로 손을 집어 든 다음 늘어진 팔을 따라 주욱 올라간다. 겨드랑이에 닿을 때까지. 이빨을 사용하지 않도록 주의한다.

집에 데려다 줄래? 비카가 말할 것이다.

다시 팔을 따라 손목으로 내려온다.

우리가 진 거야, 킹.

그때 그녀의 팔을 놓아 줄 것이다.

6

오후 여덟시

맨 앞에 비코가 서고, 그 뒤에 수레를 끄는 비카, 그리고 내가 따른다. 우리는 한 줄로 나란히 걷는다. 밤에 걸을 땐 그게 제일 낫다는 걸 알았다. 덜 지치고, 더 안전하고, 더 조용하다. 우리 셋은 각자, 생각에 빠진 채, 혹은 그 저녁에 떠오른 말을 되뇌며 걷는다.

아무것도 없어. 당신이 여기 남을 이유가 없어.

오늘은 차에 치이지 않을 거야.

심사가 뒤틀린 사람이 너무 많아요.

세 말이 꼬리를 물고 뒤섞인다.

동남쪽 하늘에 보름달이 떴다. 맨 뒤에서 걸으면서 가난한 사람들이 부자가 되는 밤을 꿈꾼다. 나의 해변을 본다. 수평선이 사라지고 바다도 함께 사라졌다. 보이는 것은 하늘뿐, 하늘은 조약돌이 끝나고 바위들이 나타나는 곳까지 내려왔다. 방파제는 창공을 찌를 듯 이어져 있다. 밀려온 해초 사이로 발을 담그려 하면 앞발이 하늘에 담긴다. 우주의 얼음 같은 무한함을 향해 머리를 치켜들고, 고개를 흔들며 물기를 말리고 별들을 흔든다.

개는 꿈을 꾸면 안 된다. 절대로 꿈을 꿔서는 안 된다. 보도를 지나던 행인의 손이 우연히 내 옆구리를 스치고, 어떤 기억이 되살아난다. 너무 빨리 떠오르는 바람에 나는 아무것도 할 수 없고, 베를린으로 가는 트럭과 달리 그 기억은 멈추지 않는다. 그 기억이 나를 깔아뭉갠다.

오래전 나는 공항 근처에 있었다. 거기 난민수용소가 하나 있었다. 천으로 대충 가린 헛간, 철조망, 침상, 탐조등(探照燈), 수레로 사용되던 유모차, 혼란. 사람들은 기다렸다. 어떤 이는 혼자, 어떤 이들은 가족과 함께, 집으로 돌아가거나 외국으로 보내지거나 뭐라도 받을 수 있기를, 모두 기약 없이 기다렸다. 그들은 가진 것이 아무것도 없었다. 나는 거기 경비견이었다.

어떤 여자가 나를 부른다. 이름이 마리나라고 자기를 소개한다. 새벽 두시에서 다섯시 사이에는 등 몇 개를 끈다. 담요와 그녀의 짐 더미 몇 개, 깔아 놓은 매트가 있다. 바지와 남자용 패딩재킷을 입은 그녀는 내 나이쯤 된 것 같다. 나는 그녀 옆 맨땅에 눕는다. 그녀가 손을 내 다리 사이에 넣고 흔들며 나를 발기시키려 한다.

쉬운 일이다. 공항 근처의 황폐한 땅에서 우리 둘은 쾌락으로 달아오른다. 조용히, 하나의 쾌락이 다른 쾌락을 깨우고, 또 깨우고, 담요 밑에서, 고통에서 달아나는 우리만의 활주로를 만든다.

우리는 웃고 있었다. 그러다 서로의 눈을 바라보고서야 우리가 무슨 짓을 한 건지 알아차렸다. 나는 그녀의 몸에 바싹 달라붙어 침을 삼키는 것밖에 할 수 없었다. 그녀는 여전히 단단해진 내 성기를 쥔 채, 마치 갈라진 입술로 더 이상 가까이 갈 수 없는 무언가에 키스를 하려는 듯 턱을 들고 있었고, 눈동자는 귀 끝을 향해 잔뜩 뒤로 물러나 있었다. 개가 코를 물 밖으로 내밀고 한 번도 닿은 적 없는 해변을 향해 헤엄칠 때가 있다. 내 옆에 누워 있는 여자의 얼굴이 딱 그 개의 얼굴 같았다. 아무것도 달아오르지 않는다. 모든 것을 두고 떠나왔다. 일상의 평범함, 그녀가 알던 전차(電車), 아이들의 우비, 그녀의 조국 모두. 섹스가 이제 안식처를 위한 호소가 되었다. 안식처일 뿐 다른 무엇도 아니다. 그녀가 나를 놓아 주고, 내 갈비뼈를 부드럽게 쓰다듬으며 속삭였다. 아, 미안! 용서하렴.

맨 앞에 비코가 서고, 그 뒤에 수레를 끄는 비카, 그리고 내가 따른다. 우리는 깊이 잠긴 바지선처럼 천천히, 하지만 분명한 목적지를 가지고 간다. 우리가 살고 있는 코트를 향해 가고 있다.

하루의 소음이 잦아든다. 아르데아티나가 쪽에서 뭔가 다른 소리가 들린다. 소리에는 이름이 없고, 세상의 말만큼 많은 소리가 있다. 이 소리는 왠지 불안하다. 어쩌면 침묵일지도 모른다. 갑작스러운 침묵, 총성이나 비명에 이은, 고통을 느끼기 직전, 충격의 침묵. 그 자리에서 뛰어올라 네 발 모두 허공에 뜬 채 달린다. 비카가 부르지만 무시한다. 비코와 비카는 알아서 집으로 돌아오며, 시간을 벌 수 있을 테다. 나는 코트를 향해 달린다.

근처에 이르자, 디젤 기름과 쏟아진 물 냄새가 난다. 마른 땅에 쏟아진 물. 비카와 내가 일 주일에 두 번씩 주유소에서 받아 오는 수돗물이 아니다. 오수. 냄비를 씻고 옷을 빤 후의 더러운 물, 여자가 아니라 남자가 빨래를 한 물이다. 맞다, 내 코는 그 차이를 알 수 있다. 신의 도움이 있기를. 그 물은 그럴 수 있다. 나를 불안하게 한 건 디젤이다.

비코가 몇 번이나 말해 준 잠바티스타의 이론에 따르면, 이 세상의 문명은 모두 네 단계를 거치고, 각각의 단계는 꽤 길다. 첫번째 단계는 신의 시대. 모든 것이 새롭고, 모든 것이, 심지어 가장 나쁜 일도 가능하다. 다음에 영웅의 시대가 온다. 헬레네가 트로이를 휘저으며 섹스를 하고 다니고, 그리스인들이 비극을 발견하는 시대. 그 다음은 인간의 시대. 정치와 희생—이제 더 이상 신을 위한 희생이 아니라 인간의 정의를 위한 희생이다—의 시대. 그리고 마지막으로, 개의 시대. 개의 시대가 지나면, 그 순환이 다시 한번 시작되는 거야. 나비 목소리로 비코가 말한다. 이 리코르시(I ricorsi, '짖다' '항의하다'라는 뜻의 이탈리아어—옮긴이)! 이 리코르시! 어쩌면 그가 만들어낸 이야기일 수도 있다.

더 빨리 달린다. 이유를 알 것 같은 두려움에 혼란스럽다. 저지대 앞에서 멈춘다. 웅덩이 건너편에 불빛이 보이고, 기름이 뜬 수면에도 불빛은 비친다. 작은 웅덩이 건너편의 제방이 깃대처럼 곧아 보이고, 제방 아래위로 비단 같은 전구들이 정확히 대칭을 이루며 늘어져 있고, 전구 하나하나가 내는 빛에 눈이 부시다. 씹할, 똑같은 불빛들의 패턴. 코로 이어지는 부분의 식도가 마른다. 이 시간에 저렇게 불빛이 있으면 안 되는 거였다. 평소 코트는 일찍 단추를 채운다. 똥을 싸러 나오는 사람들이 든 손전등이나 창밖으로 비치는 잭 남작의 파라핀 등 정도가 전부였다. 불면증에 시달리는 잭은 밤에 재킷을 만들지 않을 땐 복권의 빈칸을 채우니까. 지금 내가 넋이 나간 듯 보고 있는 건 자동차의 전조등이었다. 최소한 여섯 대.

7

얼마나 늦은 시간인지 모르겠다. 어둡고, 나는 강가의 풀밭에 누워 있다. 소라게가 있는 해변에서 멀지 않은 곳. 여전히 몸을 떨며 바다에 귀를 기울인다. 어쩌면 파도 소리가 나를 진정시켜 주거나 내가 주변에 무관심할 수 있게 만들어 줄 것이다. 시간이 말해 주겠지. 무슨 일이 있었는지 이제 여러분께 전할 생각이다.

코트는 여느 밤처럼 거기 언덕 위에 놓여 있다. 주름과 구멍과 주머니는 달빛 아래 짙은 그림자에 묻혔다. 나를 두렵게 했던 건 코트의 벨트 자리쯤 되었을 곳에 세워진 군용 지프였다. 시동은 꺼졌지만 전조등은 켜 둔 상태였다. 지붕에는 탐조등까지 달고 있고, 지프 옆에 파마스 자동소총을 든 전경이 네 명씩 서 있고, 지휘관은 지프의 운전석에 앉아 있었다. 지휘관은 책을 읽고 있는 것처럼 보였다.

전경과 그 제복보다 더 나쁜 징조는, 오스티엔시스 쪽에서 전조등을 켠 채 천천히 다가오는 거대한 자동차가 주는 위협이었다. 캐터필러로 움직이는 자동차였는데, 전진할 때 들리는 특유의 삐걱거리는 소리를 들을 수 있었다. 돌들이 천 조각처럼 찢어지는 소리였다. 노란색과 검은색으로 칠한, 베를린으로 가는 그 어떤 트럭보다 큰 그 차는 '무한궤도'로 알려져 있다.

오른쪽 옷깃 근처의 풀밭으로 갔다. 내가 숨을 만큼 키가 큰 풀들이 있었다. 이제는 지휘관의 왼쪽 목에 있는 자두색 점이 보일 정도로 가깝다. 지프에서 내린 지휘관은 확성기를 들고 있다. 장갑을 끼고 있는데 그 장갑을 낀 손으로 전경에게 손짓을 했다.

전경이 지프 위로 올라가 탐조등을 켜고, 마치 자신이 찾고 있는 게 무엇인지 안다는 듯 집중해서 움직였다. 불빛이 천천히 코트를 훑었다.

그건 신호였다. 어두울 때는 모든 것이 신호다. 전경들은 숨어 있는 사람들 모두에게, 이제 곧 쫓겨날 것임을 알리려던 것이다.

지휘관이 확성기의 스위치를 켜자 속이 뒤집힐 것 같은 소음이 울렸다.

무한궤도차는 점점 더 다가오고 있었다. 노란 바탕 위에 검은색으로 이름이 적혀 있었다. '립헬'(Liebherr, 독일의 유명한 중장비 회사—옮긴이). 세상에! 기중기의 팔이 M.1000 도로를 따라 늘어선

가로등보다 길었다. 비스듬히 눕거나 회전할 수 있는 그 팔에는 관절도 있었다.

지휘관이 나의 쓰레기산에 올랐다. 내가 주변을 살필 때 오르는 그곳에 서서, 확성기를 입에 갖다 댔다.

서로 피곤하게 할 이유가 없습니다. 그가 말했다. 확성기 음량이 너무 커서 무슨 말인지 알아듣기 어려웠다.

피곤하게 할 이유가 없어요. 그냥 밖으로 나와 주십시오. 모두들 말입니다. 따뜻한 음식을 드리겠습니다. 자주 못 드시잖아요. 따뜻한 음식입니다. 더 편한 곳으로 모시겠습니다. 교통편도 마련했습니다.

지휘관은 한쪽 손의 장갑을 벗고 확성기의 음량을 조정했다. 무한궤도는 대니의 컨테이너 앞에 멈췄다.

밖으로 나와 주십시오. 서로 피곤하게 할 이유가 없습니다.

지휘관은 놀고 있는 손으로 목의 점을 만졌다.

더 편한 곳으로 모시겠습니다. 지금 여러분이 계신 곳을 검사했더니 땅이 오염됐다는 결과가 나왔습니다. 유독 가스가 나온다고요. 밖으로 나오셔야 합니다.

무한궤도차 조종석의 기사 얼굴을 보았다. 혼란스러워 하는 것 같았다. 어디서부터 시작해야 할지 모르겠다는 표정. 지휘관이 전경 두 명에게 고갯짓을 하며 말했다.

저기 사람이나 동물, 혹은 가스통이 없는지 확인해 봐.

전경 두 명이 대니의 거처로 다가가 담요를 뜯는다. 머리와 발 부분에만 빨간색 체크무늬가 들어간 회색 담요. 대니가 컨테이너의 철제 벽을 잘라서 만든 출입구에 걸어 둔 담요였다. 컨테이너를 자를 때는 마르첼로의 아세틸렌을 사용했다. 대니가 날씬했기 때문에 출입구는 좁았다. 비카는 지나갈 수 없었다. 비카는 덩치가 어마어마하니까. 대니가 컨테이너 안에서 농담을 하면 비카는 밖에서 키득키득 웃었다.

어떤 남자가 아내가 실종됐다고 경찰에 신고를 했어요. 언제 부인이 실종됐습니까? 경찰이 물었어요. 팔 일 전에요. 남자가 대답했죠. 왜 이제야 신고를 하는 겁니까? 이웃집 여자랑 수다 떨고 있는 줄 알았거든요!

남자들의 농담이란! 비카가 중얼거렸다.

대니는 결코 같은 이야기를 두 번 하지 않았다. 그는 이야기를 모았다. 하루에 몇 개씩, 다른 이들이 버려진 요구르트나 유통기한이 지난 베이컨을 모으듯.

전경 한 명이 손전등을 든 채 대니의 컨테이너 안으로 들어갔다. 아무도 없습니다! 그가 소리쳤다.

그럼 비켜!

립헬이 다가왔다.

코리나가 승합차에서 달려 나왔다. 달빛 아래 그녀는 겉옷 밖으로 삐져나온 새틴 속옷처럼 보였다. 그렇게 연약했다. 달리면서 그녀는 욕을 퍼부었다. 개새끼들아! 거기서 나와! 씨팔, 너네 좆같은 손에 쥐어 줄 물건은 없다고!

지휘관이 확성기에 대고 말했다.

지금 이 착한 부인처럼 제 발로 나와 주시기를 부탁드립니다. 피곤해질 이유가 없습니다. 더 좋은 곳으로 모시겠습니다. 검사 결과 여기서 계속 있으면 건강에 대단히 좋지 않다고 합니다.

그럼, 너부터 꺼져! 코리나가 매섭게 내뱉었다.

코리나는 무한궤도차를 향해 돌진했다. 이 빌어먹을 괴물! 그녀는 울부짖으며 기계에 돌을 던졌다. 빌어먹을 괴물!

아주 작은 돌멩이는 기계에 닿지도 않았다. 코리나가 무릎을 꿇으며 주저앉았고, 중장비 기사는 어찌할 바를 몰랐다. 시동을 끄고 조종석에 앉아 꼼짝도 하지 않는다. 그런 자리에서 한 개인이 무엇을 할 수 있을까.

기사는 부끄러워하는 것처럼 보였고, 또한 자신에게 내려진 명령을 따르려는 것처럼 보였다. 그가 담배에 불을 붙였고, 코리나는 중장비 앞에 무릎을 꿇고 있었다. 전경들은 지휘관을 돌아보며 명령만 기다렸다. 코리나가 하늘을 향해 두 팔을 뻗었다. 깍지를 낀 채 간청했다. 그녀에게 용기를 주기 위해 나도 으르렁거렸다. 지휘관은 그녀를 치우라고 지시했다.

전경 한 명이 코리나를 일으켜 세웠다. 이쪽으로 오세요, 할머니.

전경이 말했다. 씨팔놈아! 그녀가 소리쳤다. 괜찮으실 겁니다. 전경이 말했다. 저희랑 함께 가시면 따뜻한 음식 드릴게요.

나한테는 내 자리가 있다고! 그녀가 말했다. 마치 여왕처럼 한 단어 한 단어씩 말했다.

잠시 후 코리나는 깃대처럼 가는 다리를 펴며 일어나, 벽돌 조각을 집어 들어 오른팔을 마차의 바퀴살처럼 돌려 하늘 높이 던졌다. 전경이 그녀를 잡았다. 빨간 벽돌 조각은 무한궤도차의 조종석 지붕에 떨어졌다. 기사는 올려다보지도 않았다. 전경이 코리나를 지프 쪽으로 끌고 갔다.

나한테는 내 자리가 있다고! 그녀가 다시 말했다.

지휘관이 손짓을 하자 무한궤도차가 전진했다. 천천히 움직이는 무한궤도차가 아랫배가 당길 때의 통증처럼 무섭다. 누군가에게 맞을 때 그 타격은 보통 눈에 띄지 않을 정도로 빠르다. 금이 가고 갑자기 고통이 닥친다. 폭력은 보통 매우 빠르다. 끔찍할 정도로 느린 무한궤도는 전멸(全滅)을 암시하고 그 느림은 피할 곳이 없음을 공언한다. 나도 떨고 있었다.

기계가 멈췄다. 기중기의 팔이 내려와 어마어마한 크기의 코처럼 앞으로 삐죽이 나왔다. 대니의 컨테이너를 향하고 있었다. 무한궤도는 고정되었다. 코에서 이어지는 은빛 피스톤 끝에 달린, 쫙 벌어진 삽이 컨테이너를 툭 건드리자, 컨테이너의 모퉁이가 날아갔다. 기사는 창백한 얼굴로 조종석의 강화유리 너머로 그 광경을 지켜보다가 결심한다. 기중기가 고개를 들었다가 턱으로 대니의

174

지붕을 쿵 내려 찧는다. 지붕이 크게 휘며 꺼지고, 공허한 충돌음의 잔향이 사라질 때까지 아무것도 움직이지 않았다.

코리나는 흐느끼기 시작했다.

기중기가 머리를 숙이고, 삽이 부서진 컨테이너의 한쪽 모퉁이를 헤집었다. 기중기의 이빨이 틈 사이로 비집고 들어갔다. 이제 컨테이너를 들어 올릴 수 있다. 땅에서 떼어내서 천천히, 차마 지켜보고 있기 어려울 정도로 느리게, 높이 높이 어둠 속으로 들어 올렸다가, 삽을 벌리면 컨테이너는 다시 땅속에 처박힐 것이다.

대니의 또 다른 농담. 어이 친구, 사자가 사람 잡아먹는 거 본 적 있어? 아니, 하지만 사람이 청어를 먹는 건 본 적이 있지.

뒤집어진 채 다시 땅에 박힌 컨테이너. 그 안에서 아무 소리도 들리지 않았다. 텅 비었음을 알리는 소리. 절망적으로 텅 비었음을.

매일 아침 타고 나가는 훔친 자전거 한 대를 제외하면 대니에게 딱딱한 물건은 하나도 없었다. 컨테이너 안에는, 잠자리로 쓰는 매트리스 위 철제 벽에 사진 한 장이 붙어 있었다. 잭이 찍은 사진, 뤼크와 대니, 마르첼로, 요아킴, 그리고 고양이 카타스트로프와 함께 작년 크리스마스에 찍은 사진이었다. 그 중 둘이 사라지고 없다.

오 분 후, 뒤집히고 찌그러진 대니의 컨테이너는 교수형을 당한 사람처럼 보였다. 여전히 알아볼 수는 있지만 죽은 게 분명한 모습이었다.

* * *

이제 무한궤도차는 알폰소의 집으로 향했다. 나는 땅에 몸을 바싹 붙인 채 멀리 돌아서 그들보다 먼저 도착했다. 알폰소는 종종 내가 먹을 수 있게 음식을 놓아두는 문간에 앉아 달빛을 맞고 있었다. 나는 숨을 헐떡였다. 그는 눈을 감고 있었다. 무한궤도차가 왔을 때도 그 자세로 있을 것임을, 나는 알았다.

알폰소는 기타를 연주하고 있었지만 손에 기타를 들고 있지는 않았다. 문 뒤로 기타 케이스가 보였다. 그 물건은 지난 가을, 이미 있던 벽돌담에 붙여 지은 그의 방 침대 위에 놓여 있었다. 광이 나는 검은색 케이스는 굳게 닫혀 있고, 바닥엔 빈 와인병이 세 병 굴러다녔다. 내가 들어갈 수 있다면 코로 와인병을 굴리고 놀았을 것이다. 버려진 무도장에서 바닥재를 발견한 알폰소는 다섯 번을 오가며 그 물건들을 생 발레리로 가져와, 직접 깔고 광을 냈다.

멀리서 고함 소리가 들렸다. 바닷바람이 더 거세졌다. 다시 같은 고함소리가 들렸다. 잭이었다. 불빛을 찾는 잭의 고함소리. 전경들이 고함소리가 나는 코트 옷깃 주변으로 탐조등을 돌렸다. 거기 잭이 폐타이어 더미 위에 서 있었다. 손에 커다란 종을 든 채.

알폰소를 돌아보았다. 그는 여전히 눈을 감고 있었다. 왼손 손가락으로 보이지 않는 기타 줄을 눌렀다. 잔뜩 힘을 주고는 가끔씩 거기 없는 기타 목을 타고 내려오면서. 오른손은 종다리처럼 맴돌다, 손가락을 다 펴서 빠르게 내려쳤다. 보이지도 않고 소리도 없는 뱃속의 고통을 몰아내기 위해 손가락을 내려치고, 발로는 박자를 맞췄다. 나는 두려웠다. 그리고 알폰소처럼 나를 두렵게 하는 것을 마주하고 싶지 않았다.

어슬렁거리는 놈들은 가만 안 둘 거야. 잭의 목소리가 울렸다. 잭의 말은 확성기가 없어도 들을 수 있다. 그 목소리는 잘 전달된다. 단어 하나하나까지 잘 전달되지는 않지만 그 권위는 어떻게든 전해진다. 잠시 두려움을 잊었다. 알폰소는 계속 발로 박자를 맞추었다. 나는 슬쩍 빠져나와 남작이 있는 폐타이어 더미 쪽으로 향했다.

가만 안 둘 거라고, 여긴 안 돼! 잭이 소리친다. 사람들이 살고 있는 곳을 이렇게 건드릴 권리는 없단 말이다. 집집마다 사람들이 살고 있다고, 알겠냐? 다 사람들이 살고 있다고. 여기로 우편물을 받아 보는 사람들도 있단 말이다! 지휘관, 당신 잘못된 정보를 받은 거야. 이렇게 쓰레기처럼 쓸려 나갈 순 없지.

지휘관이 전경들에게 지시를 내렸다. 자동소총을 든 전경 두 명이 알폰소의 집이 있는 쪽으로 움직였다.

당신, 생 발레리에 몇 명이나 살고 있는지 알아? 남작이 외친다. 백 명하고도 열일곱 명이나 된다고!

거짓말을 숨기기 위해 잭은 종을 흔들었다. 백 명하고도 열일곱 명, 여기 집들 다 지킬 거야! 그가 굳은 표정으로 다시 한 번 종을 흔들었다.

인생에서는 의지할 것이라곤 꾸며낸 거짓말밖에 없는 그런 순간들이 있다. 가난한 연금생활자들이 기르는 개에게 사 주는 가짜 뼈 같은.

잘못된 정보를 받은 거라고! 이봐, 숫자가 잘못 전달됐어. 내가 조언 하나 할까? 지금 바로 철수하쇼! 가서 새 명령을 기다리라고. 내가 오전에 시장님 만나고 왔단 말이야. 뒤로 돌아! 제군들, 뒤로 돌아!

남작의 부츠 옆 타이어 더미 속에 엽총이 숨겨져 있었다. 보통은 그의 침대 위 벽에 걸어 두는 팬더 440 스테인리스다. 실탄을 넣을 때 접히는 측면에는 장미에 둘러싸인 개 문양이 근사하게 새겨져 있다.

타이어 더미 위로 뛰어올라 잭 옆에 섰다. 타이어가 버려지면 다시마 냄새가 나기 시작한다. 잭의 다리에 기대며 그의 얼굴을 올려다보았다. 그의 얼굴은 대형 트럭의 라디에이터처럼 강하고 아무런 동요가 없다. 그리고 그것이 나를 두렵게 한다. 나는 잭 같은 사람의 용기에 대해 알고 있었기 때문이다. 재앙에 가까워지고 있음을 감지할수록 그런 사람은 더 차분해진다.

밝을 때 와야지, 제군들. 영장도 가지고 말이야. 오늘은 이만하자고. 계속 밀어붙이면 통제불능의 상황으로 갈 거야. 아주 나쁜 상황! 내가 종 하나로 사람들을 진정시킬 수 있을 거라고 생각하나? 가진 거라곤 이 종 하나뿐인데?

그는 종을 아래위로 흔들었다. 구리빛 종이 탐조등을 받아 반짝였다. 잭은 이를 드러내 보이기도 했다. 그 찡그린 표정은 노력의 결과였다. 더 이상은 아무 의미도 없는 표정이었다. 그러다 갑자기 그는 흔들던 팔을 멈추고 다른 손을 종 안으로 넣어 소리가 나지 않게 했다. 종의 추에 손가락을 다쳤다.

밝을 때 와야지, 지휘관. 오늘 밤에 상황이 걷잡을 수 없이 돌아가면 나도 장담 못 해.

잭은 멍이 든 손가락을 허공에 흔들었다.

당신도 장담 못 하잖아. 그래도 책임은 당신이 져야 할 거 아냐? 그렇지, 킹? 그는 손가락을 내 코앞에 흔들며, 부츠로는 엽총의 총신 부분을 슬그머니 건드렸다.

나는 잭의 손가락을 천천히 핥은 후에 타이어 더미에서 내려왔다. 비코에게 알려야 했다.

비코와 비카는 어디에 있을까. 입을 벌리고 잇몸을 스치는 밤공기를 느껴 본다. 아무 기척도 없다. 오두막 안에는 없다. 그렇다면 어디에 있을까. 오두막에서 아무런 기척이 없는 데는 다른 이유가 있을 것 같은 생각이 떠오르기도 했지만, 그 생각은 얼른 접었다. 반대편, 코트의 왼쪽 어깨를 향해 달렸다. 소매를 따라 내려갈 계획이었다.

자신의 벽돌집 안에 있는 애나를 지나쳤다.

킹, 이리 와! 세상에, 이리 오라고, 킹. 어디 가는 거야? 킹! 나랑 같이 있자. 네가 있으면 저놈들이 겁을 먹을 거야. 이리로 왔을 때 말이야. 감히 들어올 생각을 못 하겠지. 짭새들은 원래 겁이 좆나 많거든. 걔네들이 원래 그래. 나 혼자서도 한 놈쯤은 겁줄 수 있어. 나 같은 할망구라면 둘쯤 보낼 수도 있겠다. 하지만 넷이 오면 나도 끝이야. 넷이 오면 두 놈이 나를 잡고, 나머지 둘이서 처리를 하겠지. 이리 와, 킹. 고기 줄게. 통조림 따 줄게.

나는 계속 달렸다. 앞발에 그 목소리, 애나의 나이 든 목소리가 밟혔다. 아이들의 엉덩이를 닦아 주는 물휴지처럼 얇은 목소리. 광기는 잘못된 길이 아니다. 그건 모든 길을 덮고 있는 덤불 같은 것이다.

왼쪽 겨드랑이 옆 뤼크의 오두막에 솔이 플래시를 든 채 앉아 있었다. 모자를 쓰고, 무릎 위에는 성경을 펼쳐 놓았다. 그 무릎을 보면 어느 부분을 읽고 있는지 알 수 있었다.

나는 어둠에 묻히지 않을 것이며, 눈앞의 흑암에도 사라지지 않을 것이니.(「욥기」 23장 17절—옮긴이)

솔은 마르첼로가 준 텔레비전을 보고 있었다. 텔레비전 옆 바닥, 쉽게 손이 닿을 곳에 정육점에서 쓰는 칼이 놓여 있었다. '힘줄 칼'이라고 부르는 칼. 내가 문 앞에 서 있는데도 솔은 고개를 들지 않았다.

더 멀리 발을 구르며 달렸다. 어둠 속에서 무언가에 부딪히는 일은 없었다. 어둠 속의 대상들이 내게 경고했다. 진짜 모습은 보이지 않은 채 자신들의 위치만으로 경고했다. 어둠 속에서 기울어진 나무 벽을 피했다. 매일 조금씩 더 기울어지는, 그래서 언젠가 땅에 닿아, 바닥이 될 벽. 두 개의 대롱거리는 철제 틀도 피했다. 은행가의 카펫도 널 수 있을 만큼 큰 빨래건조대 같았다. 원반 모양의 부러진 콘크리트 기둥을 피했다. 사람 키만 하고 표면 여기저기의 자갈이 상한 살라미의 기름처럼 곧 떨어질 것만 같은 기둥. 그렇게 낯선 것들도, 우리가 우리의 코트로 만들어 온 이곳에 속해 있다는 이유로 모두 친숙했다.

전경 한 명이 소매를 타고 올라오는 것이 보였다. 마르첼로의 거처, 곧 버려질 그곳으로 향하고 있었다. 나는 동쪽으로 빙 돌아서 요아킴의 집으로 방향을 바꾸었는데….

텐트 안을 살펴보았다. 아무것도, 심지어 그의 반짝이는 라디오도 보이지 않았다. 깜깜함. 폴리아미드로 된 그의 이불은 딱 회색코끼리만 한 크기와 색깔이었는데 오늘 밤엔 어떤 불도 켜지 않는 게 현명하다고 판단한 것 같았다. 거기 암흑 속 어딘가에 요아킴이 서 있었다. 그 커다란 몸, 에바의 문신, 그리고 굴복하지 않으려는 의지의 냄새를 맡을 수 있었다. 또한 거기 그와 함께 있어 보이지 않는 고양이 카타스트로프의 냄새도 났다. 잠시 후 요아킴이 고양이에게 속삭이는 소리가 들렸다.

너도 무슨 일인지 알지, 그렇지? 그래서 이 지랄같이 깜깜한 데서 미친 듯이 춤을 추는 거잖아. 바람이 콧수염을 세운 거잖아, 그렇지? 이리 와, 카타스트로프. 이리 와. 네가 기상예보보다 더 잘 알잖아, 그렇지? 구등급 풍력, 그렇지, 내 귀여운 야옹아? 젖는 걸 싫어하는 내 귀여운 야옹이. 보지(pussy, '고양이'와 '여성의 성기'라는 뜻을 둘 다 가지고 있음—옮긴이)는 원래 젖는 걸 좋아해야 하는데 말이야. 무섭지, 야옹아? 배를 버리고 떠나기가. 그걸 누가 좋아하겠니, 누가? 물어보자. 세상 어떤 피 흘리는 영혼도 그걸 좋아하진 않아. 너는 내 머리를 깔고 앉아서, 작은 발로 내 수염을 만지고, 그런 자세로 젖지 않을 수 있겠지. 이번에는 모든 물건들을 배에 꽁꽁 묶어 두자. 창이랑 문만 빼고 말이야. 그건 바람이 가지라고 하자. 이번엔 그 개새끼가 나나 네 물건엔 손도 못 댈 거야, 카타스트로프.

거인 요아킴이 칠흑 같은 어둠 속에서 고양이 카타스트로프에게 말하는 걸 듣고, 나도 용기를 내 방향을 바꾸었다. 종종 그러듯이 왔던 길을 되돌아갔다. 최악의 상황이 벌어진 것은 아닌지 보고 싶었다. 두려워하던 일을 마주할 작정이었다. 옷깃으로 돌아와 오른쪽 소매를 따라 내려갔다.

우리 오두막은 아침에 나올 때 모습 그대로였다. 머그잔 세 개가 출입문 안쪽에 매달려 있었다. 비닐로 된 지붕을 누르고 있던 콘크리트 덩어리도 멀쩡했다. 최악의 상황은 아직 우리에게 벌어지지 않았다.

겨드랑이에서 리베르토와 말락이 이야기를 나누고 있었다.

우리를 한 명씩 차례대로 뭉개 버릴 거예요. 말락이 말했다.

우리가 맞서 싸우면 그럴 수 없어.

우릴 쫓아낼 거라고요.

우리가 맞서 싸우면 괜찮아, 말락. 다른 대안이 없잖아. 생리대 남은 거 있어?

이 사람 완전히 정신이 나갔어, 킹! 정신이 나갔다고.

생리대 남은 거 있냐고 물었잖아.

뭐라고요?

대답해.

한 팩 정도 있어요.

좋아, 금방 돌아올게.

혼자 가지 마요. 혼자 가지 마요, 리베르토!

작은 유리병 세 개만 찾아 놔 줘. 빈 걸로. 유리라야 해, 플라스틱 말고. 금방 돌아올게.

지금은 가지 마세요.

주유소 창고에 갔다 올게. 천 조각도 좀 필요해. 생리대 세 개랑.

어디서 빈 병 본 적 있니, 킹?

나는 말락을 안내했다.

그 또한 저항하는 이들만이, 내 친구들이 저항하는 방식을 안다.

신혼여행 중인 주인 부부를 찾아야 했다. 아르데아티나가(街)엔 그들의 흔적이 없었다. 처음 출발한 모퉁이로 돌아갔다. 거기서 짖었다. 창문 너머로 텔레비전 화면이 깜빡이는 것이 보였다. 지붕 위로는 점점 더 어두워지고 있었다. 바다 쪽에서 몰려오는 구름이 달을 가리기 시작했다. 지붕 아래 노부부는 이미 잠자리에 들었다. 다시 짖었다. 이번에는 비카를 불렀다. 그녀는 언제나처럼 내 소리를 들었다. 술집에서 비카가 나왔다. 거리 위쪽, 계단에 서 있었다.

네 발을 보도에서 떼지 않은 채 그녀를 올려다보았다.

내가 위스키 한잔 사 줬어, 킹. 거절할 줄 알았는데 안 하데. 저이가 뭐라고 했는지 아니, 킹? 당신이 나를 용서해 줬으라고 하더구나. 나는 뭐라고 했을까? 이렇게 말했지. 용서해 줘! 이렇게.

서둘러야 해요! 나는 숨을 헐떡이며 말했다. 두 분 다, 어서요.

남은 술은 마저 마시게 해야지, 킹. 저이는 하루 종일 아무것도 못 먹었는데 지금은 행복하잖아.

시간이 없어요.

쫓아낼 사람도 없잖아. 우린 우리 침대에서 잘 거야. 매일 그랬듯이. 비밀 하나 알려 줄게. 이리 와 봐.

그녀를 데리러 계단을 올라갔다.

내 비밀 듣고 싶지 않니? 귀에 대고 속삭여 줄게.

지금은 안 돼요. 아저씨 데리러 가요.

너한테만 이야기해 주는 비밀이야.

어서요!

왜 서둘러야 하는데? 몇 년 만에 너한테 해 주고 싶은 이야기가 생겼단 말이야.

사람들이 우리를 뭉개 버리려고 해요! 내가 다급히 말했다.

우리?

우리 집이요.

이런 밤 시간에는 아니야. 무슨 냄새를 맡은 거니, 킹?

저기 모퉁이로 가요. 내가 말했다. 그럼 평소에 못 보던 불빛이 보일 거예요. 빨리 집으로 가세요. 아저씨는 내가 데리고 갈 테니까.

문을 열고 들어가 보니 어떤 술집인지 알 것 같았다.

여자들이 드물고, 여종업원도 없는 술집. 밤 열시 이후에는 시계가 멈춰 버리는 것 같은 비좁은 동네 술집. 카운터 앞에 선 남자들은 이미 저녁식사를 놓쳤기 때문에 서둘러 집에 가야 할 부담도 없다. 집이라고 해야 모퉁이를 돌면 바로 나오겠지만. 거의 매일 밤 남자들은 그 술집에 모인다. 서로의 비밀도 어느 정도 알고 있지만, 모두들, 심지어 무슨 말을 웅얼거릴 때조차, 침묵의 대가들이다. 시계가 멈추면 아무도 새로 주문하지 않지만 모두들 떠나는 건 주저한다. 여기 비좁은 술집에서 그들은 서로를 알아봐 주고, 배신당하지 않고, 그 안엔 따뜻함이 있기 때문이다. 그들 모두가 공유하는, 그리고 잊어버리고 싶은 그 비밀은 집에 가지 않는 이유이다. 모두 다른 이유로 집에 가고 싶어 하지 않지만 결과는 같다. 나는 이 년 동안 그런 술집에서 저녁 시간을 보낸 적이 있다.

안으로 들어서자마자 카운터에 서 있던 남자 셋이 나를 돌아보았다.

어이, 친구! 그들은 마치 내가 술친구라도 되는 듯 말했다.

그 남자들을 지나쳤다. 비코는 구석 테이블에 혼자 앉아 있었다.

양손으로 텀블러를 쥔 채 고개를 숙여 남은 위스키를 홀짝였다. 그 모습이 꼭 손을 쓸 수 없는 동물마냥 혀로 술을 핥는 것처럼 보였다. 비코는 미소를 짓고 있었다. 내가 무릎을 건드릴 때까지 나를 보지도 못했다.

나 데리러 왔구나.

나는 고개를 끄덕였다.

비카가 위스키 사 줬어. 한잔 할 만한 자격이 있다며.

집에 가야 해요. 내가 말했다.

왜 그렇게 급하냐?

그들이 왔어요.

이 야밤에?

우리를 몰아내려고 해요. 다 때려 부순다고요. 대니랑 마르첼로 집은 벌써 박살 났고, 지금쯤 알폰소 집을 부수고 있을 거예요.

알폰소는 없고?

마음을 놔 버렸어요. 다 잃었다고요. 그냥 눈만 감고 있어요. 우리가 가면 더 부수지 못할 거예요. 물러날 거라고요. 남작이 경고했어요. 총도 가지고 있어요. 우리가 가면 물러날 거예요.

어디로 쫓아낸다니?

어디 다른 시설에 넣겠죠. 그렇게 말했어요.

잠바티스타가 뭐라고 썼는지 아냐?

그 사람이 썼다는 건 다 이야기해 주셨잖아요! 내가 화난 목소리로 대답했다.

한번은 리베르토에게 물은 적이 있지. 그 양반도 책을 꽤 읽었으니까. 비코를 아냐고 물었다. 비코라고? 그 양반이 대답하더구나. 한 번도 들어 본 적 없는데. 룰포라면 알아도, 비코는 모르겠는걸.

자, 들어 봐. 비코가 남은 위스키를 마저 비우며 말했어. "신체가 기하학적 지점들로 구성돼 있다는 아리스토텔레스의 설명은 사실이 아닌 것 같다. 추상에서 어떻게 실재를 구현해낼 수 있단 말인가?" 잠바티스타가 그렇게 말했단다. 실제로는 우리 중 아무도 다른 시설에 들어갈 수 없을 거야, 킹. 그 인간들이 하는 말은 추상이야. 현실은….

수레는 어디 있어요? 내가 그의 말을 끊었다.

건물 뒤에 있지, 거기 숨겨 놨다. 그런 수레를 가지고 오면 사람들이 술을 주지 않으니까, 나가라고 하겠지. 이제 영웅의 시대가 아니야, 킹. 오레스테스의 시대가 아니라고.

가서 갖고 와요, 어서요.

비코에게 대든 건 그때가 유일했다.

간신히 아르데아티나가에서 벗어날 수 있었다. 우리 셋은 집으로 향했다. 눈보라와 싸우는 것 같았다. 모든 동작이 느려지고, 마치 그 어떤 동작도 끝나지 않을 것만 같았다. 추위 때문이 아니었다.

사나운 돌풍에 날아 온 먼지와 모래가 코와 가슴을 때렸다. 아직 달빛이 남아 있기는 했지만, 비코와 비카는 발 앞에 무엇이 놓여 있는지 분간할 수 없었고, 길에는 여기저기 구덩이가 많았다. 둘 중 누구도 수레의 방향을 제대로 잡지 못했다. 수레는 자꾸만 부딪히고, 처박히고, 넘어졌다.

두고 가야 해. 비코가 숨을 헐떡이며 말했다. 내일 아침에 다시 찾아가면 돼.

여기에 버리면 누가 가져갈 거예요. 비카가 말했다.

아침 일찍 다시 찾아오면 돼. 해뜨기 전에, 사람들이 나오기 전에 말이야. 킹과 내가 내일 다시 집으로 갖고 갈게.

다음 날 아침이라는 비코의 말이 두 사람을 안심시켰고, 덕분에 수레는 두고 가기로 했다.

저만 따라오세요. 나는 그렇게 말하고 두 사람 사이에서 걸었다. 비카가 왼쪽, 비코는 오른쪽.

둘이서 나를 잡고, 나는 경사진 곳이나 구덩이, 둑에서 흘러내린 흙더미, 물 웅덩이, 박살난 브라운관 사이로 자신있게 발걸음을 옮겼다. 아무 표지도 없는, 아무도 다녀가지 않은 길을 찾아내는 건 나의 특기였다. 비코의 손, 따뜻하고 여기저기 갈라진 그의 손이 내 목에 편안하게 놓여 있었다. 내가 어떤 확신을 전해 주었음이 분명했다. 비카는 부은 손가락의 손톱 끝으로 내 머리 뒤쪽을 가볍게 긁었다. 우리 둘이 함께 누웠을 때 종종 그랬던 것처럼.

걸음을 멈추고 그 순간을 새겨 두고 싶었다. 두 사람의 손길을 느끼며, 나는 두려움을 잊었다. 내 코를 믿으며 두 사람은 우리가 어디로 가는지 알고 있다고 생각했다. 두 사람은 눈치채지 못하고 있는 그 확신의 순간을 새겨 두기 위해 잠시 걸음을 멈췄다. 잠시후, 비카가 휘파람을 불듯 말했다. 킹이 집에 데려다 주네!

* * *

마침내 도랑에 도착했을 때, 무한궤도차는 어디에도 보이지 않았다. 무한궤도차 기사는 지프 앞에서 지휘관과 뭔가를 상의하고 있었다. 두 사람이 싸우는 것 같기도 했다. 그 옆에는 전경 두 명이 기다리기 지겹다는 듯한 표정으로 서 있다가, 한 명이 지프에 올라타 탐조등으로 코트를 한 번 주욱 훑었다. 전경은 탐조등을 끄고 두 발로 뛰어내린 다음 자신이 뛴 거리를 살폈다. 그 정도로 지루했던 것 같다. 탐조등 덕분에 기중기가 서 있는 것도 보였다. 그 물건은 쓰레기산 뒤에 멈춰 있었다. 기중기의 팔이 산보다 더 높았다.

우리 셋은 허둥지둥 달려가 무슨 일이 벌어졌는지 거의 동시에 확인했다. 오두막이 없었다. 오두막은 뜯어지고, 짓눌리고, 갈라지고, 납작해진 모습으로 거기 버려져 있었다. 심지어 폭격을 당해도 ―나는 폭격을 몇 차례 목격했다―, 이 정도로 폐허가 되지는 않는다. 폭격을 당할 때는 끔찍한 파괴가 하늘에서 눈 깜짝할 사이에 떨어지기 때문이다. 여기서는 파괴가 아주 천천히, 눈을 가린 채 가까이에서 이루어졌다.

비카가 몸을 던져 잔해에 얼굴을 묻었다. 몇 걸음 기어가다가 청바지 한쪽이 찢어졌다. 나는 부은 허벅지 아래 상처에서 피가 나는 걸 봤고, 그녀의 심장이 갈라지는 소리에 귀 기울였다. V자의 양쪽 가지를 부러뜨린다고 생각해 보자(ㄱㅅ). 그런 일이 그녀에게 일어났다.

비카 옆으로 가서 앉았다. 비코는 고개를 끄덕이며 말했다. 여기서 기다려. 그는 등을 돌린 채 지프를 향해 천천히 걸어갔다.

비카를 핥거나 건드리지 않았다. 그냥 내가 옆에 있다는 것을 알리기 위해 숨소리를 낼 뿐이었다. 흙더미에 파묻힌 잔해와 뒤틀린 침대 틀, 짓이겨진 폴리스티렌 사이에서 철제 난로가 있던 자리를 알아볼 수 있었다. 비카에게서 몸을 떼지 않고, 유리병에 들어 있던 물건들이 없는지 살폈다. 코끝이 떨렸다. 빨간색 고무마개 조각을 본 것 같다고 생각하는 순간, 비코의 목소리가 들렸다.

지구에서 쫓겨나고 있는 거야. 지구의 얼굴에서가 아니야! 얼굴은 오래전부터 우리 것이 아니었지. 지구의 똥구멍에서 쫓겨나는 거야. 일 쿨로(il culo, '항문'이라는 뜻의 이탈리아어—옮긴이). 우리는 저들의 실수야. 킹, 들어 봐!

비코가 걸어가는 모습을 지켜본다. 지프의 전조등에 비친 그의 모습은 아주 작은 부분까지 단절되고 건조해 보인다. 재킷 소매가 헐렁하다. 하얀 머리칼은 거꾸로 선 것 같다. 도망가는 누군가를 향해 막대기를 들고 흔드는 사람처럼 한쪽 팔을 들고 있었다.

실수는, 킹, 적보다 더 미움을 받는 거야. 실수는 적처럼 굴복하지 않으니까. 실수를 물리치는 일 같은 건 없는 거야. 실수는 있거나 없거나 둘 중 하나인데, 만약에 있다면 덮어야만 하지. 우리는 저들의 실수야, 킹. 그걸 잊으면 안 돼.

비코의 걸음걸이가 바뀌었다. 갑자기 그의 발걸음에는 아무런 머뭇거림도 없어졌다. 결심을 한 듯, 발끝으로 가볍게, 거의 춤을 추듯 걷는다. 음악은 들리지 않고, 재킷의 어깨 부분이 보기 흉하게 돌아가고 터졌다. 그 모습을 그대로 비카에게 말했는데 그녀가 내 말을 들었는지 혹은 이해했는지 알 수는 없었다.

지휘관이 비코를 발견하고, 장갑을 낀 손을 들어 알아보는 시늉을 했다. 나이 든 부랑자를 불러 확성기를 주고 다른 사람들에게 몇 마디 해 달라고, 자신처럼 정신 차리고 순순히 밖으로 나오라고 이야기해 달라고 부탁할 생각이었다. 지휘관은 시계를 보며 시간이 늦었다는 걸 확인했다.

거리나 시간을 판단하기 어려웠던 건 전조등의 불빛 때문이었는지도 모른다. 비코는 결심한 듯 지프를 향해 걸어갔는데, 거기 이르기까지 걸린 시간은 꽤 긴 것 같았다. 그를 지켜보는 것들이 모두 그 점을 알아차렸다. 쓰레기 더미나 자갈들, 버려진 기계 부품들이, 그가 지나자마자 저절로 움직여 다시 그의 앞을 막아서는 것 같았다.

'후마레(humare)'는, 킹, '묻다'라는 뜻의 라틴어인데 이제 사라져 버렸단다. 새 단어는 '박살 내다'야. 박살 내다, 박살, 완전히 보내는 것. 아무것도 보이지 않게 박살 내 버리는 거지. 비카가 벽에 그려 놓은 별들을 볼 수 없게 된 것처럼 말이야.

비카는 움직이지 않았다. 나는 그녀의 등에 머리를 기댔다. 비카의 목덜미에 모래가 묻었다. 본인의 의도와 상관없이 기분이 좋을 때면 미소를 짓던 목덜미였다. 귀를 그녀의 단단한 목에 대고 유심히 들었다. 희미하게, 비카의 어깨뼈 아래 무너진 오두막의 숨결이 들렸다. 비카 본인은 모르는 것 같았다. 왼손의 부은 손가락이 움찔하며 오그라들었다. 나는 젖은 코를 그 손 안에 드밀었다.

킹, 내 말 들리냐?

나는 다리에 힘을 주며 튀어 올랐다. 지휘관은 확성기를 비코에게 내주며 말했다. 선생님, 친구분들께 말해 주십시오. 밖으로 나오시라고요.

잠바티스타는 앞으로 다가올 일을 보았던 거야, 킹.

나는 그 어느 때보다 빨리 비코를 향해 달렸다.

정확한 단어를 찾지 못하고, 그 고통이 어떨지 몰랐던 것뿐이야, 킹. 그는 인간이 어느 단계에서 야만성을 벗어나는가라는 질문을 붙잡고 평생 씨름을 한 거지. 그게 본인이 역사라고 부른 『신과학(新科學)』이야. 잠바티스타는 두번째 야만성을 본 거야, 킹. 첫번째보다 더 나빴지. 첫번째 야만성은, 그에 따르면 어느 정도의 관용을 담고 있었어. 낯선 단어잖아, 그렇지? 하지만 그는 그 단어를 썼어. 첫번째 야만성이 관용을 담고 있었던 건 인간의 감각에만 영향을 미쳤기 때문이야. 그런데 두번째 야만성은 감각뿐 아니라 생각 자체에까지 침투했고, 그 때문에 더 사악하고 잔인한 거지. 두번째 야만성은 자유를 약속하고 그에 대해 이야기하면서, 인간을 죽이고 모든 것을 앗아 가 버리는 거야.

가능한 한 빨리 모든 것을 정리했으면 합니다. 지휘관이 말했다.

술에 취한 비코의 얼굴엔 아무 감정이 없었다. 그는 왼손을 허공에 들어 책장을 넘기는 시늉을 했다. 오른손은 등 뒤에 숨기고 있었다. 손에는 손잡이가 뼈로 된 칼이 쥐어져 있었다. 수년간 사용하면서 손은 칼을 알게 되었고, 칼도 손을 알아보았다. 몹시 취한 얼굴엔 아직 아무 감정이 없었다. 비코가 오른팔을 높이 들었다 내리며 지휘관의 배에 칼을 꽂았다.

아무도 하지 않으려는 일을 노인들이 해 버리는 경우가 있다.

다음 순간 비코가 땅에 고꾸라졌다. 땅바닥에 떨어진 칼에는 피가 묻어 있었다. 누구의 피인지 알 수 없었다. 지휘관은 자신의 무릎을 부드럽게 쓰다듬었다. 나의 주인이었던 노인을 발길질로 쓰러뜨린 무릎이었다. 전경 한 명이 자동소총을 어깨에서 내려 땅에 고개를 숙이고 있는 비코를 겨냥했다.

비코는 내가 어디 있는지 알고 있었다. 나는 전경의 군화 사이로 그를 지켜보았다. 바이 다 비카(Vai da Vica, '비카에게 가'라는 뜻의 이탈리아어—옮긴이). 그가 말했다.

시키는 대로 했다. 오는 길에 무한궤도차 근처에서 허둥대는 리베르토와 말락을 만났다.

비켜, 킹. 어서! 그리고 말락, 너도 비켜.

불은 내가 붙여 줄 테니 던지기만 해요. 말락이 속삭였다.

절대 안 돼. 네가 여기 있으면 걱정이 된단 말이야.

그럼 손전등만 들고 있을게요. 말락은 달래듯이 말했다.

안 돼. 삼 초 만에 처리해야 하는데 걱정할 시간이 없어. 깔끔하게, 그러니까 혼자서 해야 하는 일이야.

원하는 게 뭐예요? 말락이 물었다.

집에 가서 기다려. 그리로 갈게.

차오(Ciao, '안녕'이라는 뜻의 이탈리아어—옮긴이).

잠깐, 손전등은 주고 가.

리베르토, 아저씨 없이는 저 못 살아요.

얼른 가. 그가 말한다.

비카는 그 자리에 그대로 있었다. 손가락을 둥글게 만 채로, 비코처럼 땅에 얼굴을 박고 있었다.

이백 미터 사이를 두고 둘은 같은 자세로 땅에 머리를 박고 있었다.

리베르토가 화염병을 기중기에 던지자 공기가 불길에 빨려 들다가 순간적으로 뿜어져 나오는 소리가 났다. 흐느낌 같았다. 폭발하는 흐느낌.

사방에서 사람들이 고함을 치는 소리가 들렸는데 그 목소리들을 분간하는 건 쉬웠다. 약자와 강자의 차이가 그렇게 분명해서는 안 된다. 코트에 울려 퍼지는 고함소리는 불안하고, 분노에 차 있고, 집요했다. 전경들의 고함소리는 안도감과 기쁨에 차 있었다. 기다림이 끝났기 때문에 이제 곧 임무를 마칠 것이고, 그러고 나면 침대가 있는 집으로 돌아가, 어쩌면 섹스를 한판 할지도 모른다.

* * *

비카는 고개를 들지도 몸을 움직이지도 않았다. 마치 잠이 덜 깬 사람이 이불 뭉치 아래서 손수건을 찾듯, 부어오른 손으로 어깨 근처의 먼지 더미를 뒤질 뿐이었다. 나는 그녀의 다리를 핥았다. 다리는 차가웠다. 너무 차가웠다. 비카를 덮어 줄 담요나 덮개를 찾으러 잭의 집으로 달렸다.

타이어 더미 근처에 잭은 요새를 지어 놓았다. 거의 트랙터 바퀴만 한 크기의 타이어를 차곡차곡 쌓아 커다란 타이어 탑을 만들고, 그 안에 들어간 것이다. 타이어 안으로 들어가 몸을 숙이면 몸이 보호될 뿐만 아니라 보이지 않게 가려졌고, 일어서면 맨 위에 놓인 타이어에 팔꿈치를 받치고 조준 사격을 할 수 있었다. 탄창은 여덟 개, 그걸 셀 수 있을 만큼의 시간은 있었다. 멧돼지를 잡을 때 쓰는 빨간색 탄창 세 개, 새를 잡을 때 쓰는 노란색 탄창 다섯 개가 맨 위 타이어에 가지런히 놓여 있었다. 내 짐작으로 엽총에는, 빨간색 탄창 두 개가 들어가 있었을 것이다.

잭은 일어난 자세로 가슴 앞에 총을 들고, 아주 작은 움직임도 놓치지 않으려는 듯 주변을 살폈다. 등대 불빛처럼 천천히 몸을 돌리며 다가오는 것이 무엇이든 거기에 맞서 자신을 방어할 준비를 하고 있었다. 한 바퀴 완전히 도는 데 일 분이 걸렸다.

몸서리치게 괴로운, 평범한 운명의 다양함이여, 아가멤논.

얼마나 오래 그를 지켜봤을까. 잭은 모자를 한 번 고쳐 썼다. 오른손 엄지손가락은 안전장치에서 떼지 않은 채.

나는 입을 다물기 전에, 가슴에서 무언가 끓어오르는 것을 느끼기 전에, 고개를 젖혀 별들을 바라보며 울부짖었다.

파괴를 견디고 살아남은 자, 혹은 견디고 살아남은 물건만이 다음 생에서 이야기를 만들어낼 수 있다.

그 무기력함, 고독, 그리고 되돌릴 수 없는 진실이 나로 하여금 울부짖게 했다.

여기야, 킹. 여기!

누가 어떤 이유로 살아남는 거예요, 남작? 누가, 어떤 이유로?

무슨 일이냐? 비카는? 비코는 어디 있는데? 결국 두 사람이 너를 쫓아냈구나, 그렇지? 내가 경고했잖아, 했지? 너는 거기 있어야 해! 빌어먹을 거기에. 너 자신을 지키고 싶다면 말이야.

잭은 미소도 없이 자신의 총에 입을 맞췄다.

우리는 저들의 실수래요. 개가 말했다.

비코는 어디 있는 거야? 젠장! 확실해?

남작과 개가 서로를 바라보다가 남작은 다시 주변을 살폈다.

비코처럼 행동하려면 용기가 필요한 거야. 결국 남작이 입을 열었다.

비코의 진짜 이름은 잔니예요. 개가 알려 줬다.

가서 비카 데리고 와라. 남작이 말했다. 나랑 함께 지내면 돼. 가서 데리고 와.

총성이 한 번 울렸다. 코트의 허리띠 근처였다. 남작은 눈을 가늘게 뜨고 반사적으로 개머리판을 어깨에 갖다 댔다. 바닷바람이 우리 얼굴을 때렸다. 그림자가 드리운 땅에선 아무것도 움직이지 않았다. 남작은 왼손을 타이어에 단단히 괴고 있었다.

노병들의 반사 신경은 존경할 만하지. 싫은 건 확성기야.

총성이 또 한 번 울렸다. 이번에는 우리 귀에도 울림과, 총알이 치고 나가는 소리, 이제 되돌릴 수 없는 무언가가 내는 소리가 들렸다.

남작이 하늘을 올려다봤다. 하늘, 비코에 따르면, 노새자리 같은 별자리는 없다는 그 하늘을. 나도 남작의 시선을 따라 두 개의 지저분한 베개의 터진 틈 사이로 섬유 뭉치가 연기를 내며 아래로 쏟아지는 광경을 바라보았다. 세번째 총성이 울렸다. 베개는 스웨덴 군인들이 입는 코트 색깔이었다.

최루탄이야. 잭이 다급하게 말했다.

베개에서 나온 베갯속이 구름이 되었다.

젖은 천! 남작이 지시했다. 젖은 천으로 코와 입을 막아. 사람들에게 알려, 킹. 어서 가서 알려. 나일론은 안 되고, 면이나 울을 적셔서 쓰라고!

남작은 쓰고 있던 모자를 벗어 타이어 아래 고여 있던 빗물에 적신 다음 칼로 끝 부분에 구멍을 내서 얼굴을 가렸다. 바람이 도움이 될 거야. 그가 덧붙였다. 땅이 건조하니까 금방 위로 올라갈 거야. 이런 젠장! 자세를 낮춰야 해. 최대한 몸을 낮추고, 서둘러! 가서 사람들에게 알려. 비카는 내가 챙길 테니까.

개는 다시 달리며 남작에게 말했다. 두번째 야만성이 전 세계를 장악했다고, 약속을 약속하고 자유를 이야기하는 야만성이라고.

구름에 따라잡히지 않고 달렸다. 사람들에게 남작의 경고를 전했다. 최루가스도 무한궤도차만큼이나 사악했다. 가스의 침묵은 무한궤도차의 느림만큼이나 사악했다. 아무 소리 없이 가스는 공기를 적으로 돌려놓았다.

독은 게으르다. 독은 자신이 공격하는 대상이 스스로를 파괴하게끔 밀어붙인다. 그 작동 방식은 절망과 비슷하다. 절망 역시 하나의 독이다. 미칠 듯한 에너지가 희생양에게서 나온다.

최루가스에 든 염소(鹽素) 때문에 물을 찾게 되고, 물과 결합하면 표백제인 염화나트륨이 된다. 벽돌집 틈으로 밖을 내다보던 애나의 눈에 있는 물기와 만나면 최루가스 때문에 순간적으로 눈이 멀고, 주먹으로 미친 듯이 눈을 비비면 안구에 붙은 염화나트륨이 더 깊이 들어가 유스타키오관을 공격한다. 애나는 고통에 무릎을 꿇으며 쓰러지고, 벽돌집을 나와 구름이 조금 옅은 것 같은 옷깃 쪽으로 기어갔다.

곁에 있어 달라고 간청하는 나이 든 여인을 바라보며, 확성기를 떠올리며, 그리고 내 눈에서도 면도칼로 찌르는 것 같은 통증이 시작되면서, 나는 비코에게 혹시 게으름이 모든 겁쟁이들의 어머니이자 아버지가 아닌지 묻고 싶었다. 비코 본인은 스스로를 겁쟁이라고 했지만 아니었다. 그의 이름을 부르며 어둠 속을 달렸다. 비코! 비코! 여기저기서 가스를 실은 바람이 일어나, 하늘을 향해 펼쳐진 지저분한 장막에 가스를 흩뿌리고 있었다. 비코! 그때 뭔가에 막힌 것 같지만 그럼에도 또렷하게, 그의 목소리가 들렸다. 독성 가득한 공기 사이로 비코의 나비 목소리가 들렸다. 짖어(I ricorsi), 킹! 짖어!

여기저기서 가스가 뒤섞였다. 어떤 곳에서는 옅어지고, 다른 곳에서는 더 진해졌다. 코트의 오른쪽 주머니로 짐작되는 공터에서 사라진 건 요아킴의 거처뿐이었다. 코끼리만 한 폴리아미드 텐트는 어디에도 없었다. '건축 예정지—접근 금지'라고 농담처럼 써서 땅에 박아 놓은 푯말도 없었다. 땅 위에 널브러진 문짝 하나와 그 위에 놓인 창틀 하나밖에 없었다. 집은 사라졌는데 무한궤도차가 지나간 흔적은 없었다. 무한궤도차는 흔적을 남기기 마련이다.

바람이 다시 가스를 뒤섞고, 한 무더기의 물건들이 보였다. 뱃사람들이 쓰는 매듭으로 묶인 폴리아미드 천, 가스 실린더, 플라스틱 양동이 두 개, 가장 작은 에스프레소 기계, 요아킴이 그렇게 자랑스러워 하던 광이 나는 라디오, 그리고 바퀴 넷 달린 유모차. 그 옆에 요아킴이 네 발로 엎드려 있고, 고양이 카타스트로프는 그의 가죽재킷 안에 숨어 있었다. 그 거인 같은 남자가 양손과 양발을 모두 땅에 대고는 아직 제대로 토하는 법을 배우지 못한 어린아이처럼 헛구역질만 하고 있었다.

최루탄에는 근육수축제인 바놀로 아질산염이 들어 있다. 아질산염의 소금기가 기관(氣管)을 자극해 닫히게 하면 후두에서 시작해 기관지까지 질식할 것만 같은 두려움이 엄습한다. 몸집이 큰 요아킴의 반응은 유난히 격렬하다. 순간 그는 자신이 어디 있는지도 몰랐다. 나는 그의 몸을 끌어 옷깃 근처로 데려갔다. 거의 눈을 뜰 수 없는 상태에서 우리 둘은 어찌어찌 숨을 좀 편하게 쉴 수 있는 곳에 도착했다. 그대로 땅에 누웠다. 어둠 사이로, 멀리서 확성기 소리가 들렸다.

M.1000 도로 쪽으로 이동하십시오. 그쪽 공기는 깨끗합니다. 여러분을 모실 차량도 거기 준비돼 있습니다. 더 이상 지체하지 마십시오. 여러분께 부탁….

남작이 멧돼지 잡는 탄창에서 한 발 발사하면서 확성기 목소리가 잠시 끊어졌다. 순간, 갑작스런 정적이 지나고 확성기에서 다시 고함소리가 들렸다. 그러니까 이런 걸 원하는 거지? 그렇지?

고문이나 강간, 살인에 앞서 나오는 전형적인 말이었다. 그 정도는 나도 안다. 이 경우에는 투자를 위해 구입한 땅에서 불법 점유자들을 몰아내는 어설픈 작전의 마지막 단계를 선언하는 말이었다. 아직 유황과 암모니아 냄새가 났다. 눈을 뜨지 못한 채 가끔씩 헛구역질을 하는 거인 요아킴을 어디로 데리고 가야 할지 알 수가 없었다. 마치 어떤 냄새에 끌리듯이 생각이 하나 떠올랐다. 보잉으로 데리고 가야 한다는 생각. 그곳까지는 삼백 미터가 채 되지 않았다. 가스가 있는 곳을 몇 군데 지나야 하지만, 눈으로 확인하며 요아킴을 안내할 수 있었다. 어느 순간, 마치 노새라도 된 듯 내게 올라타라고 말했다. 요아킴이 양발을 땅에 댄 채 내 등 위로 올라왔고, 내게는 그를 태우고 갈 힘은 있었다.

가스를 헤치고 솔이 비틀거리며 나타났다. 악마와 부딪치지 않기 위해 손을 앞으로 내밀고 있었고, 얼굴에선 피가 흘러내렸다. 지나치게 신중한 탓에 어느 쪽에서도 먼저 말을 꺼내지 않았다. 둘다 나를 쳐다봤는데 그 눈은 이미 쓸모없는 거나 마찬가지였다. 보잉은 바다를 향하고 있었다. 바람이 불어오는 곳, 지대가 낮고 땅이 말라 있기 때문에 가스가 위로 올라갈 거라고, 나는 굳게 믿었다. 보통은 이런저런 의심이 많이 들었겠지만 오늘 밤엔 거인과 은퇴한 도축업자의 고통 때문에 의심을 하고 있을 여유가 없었다. 두 사람이 있던 곳에 그냥 두었어도 살아남기는 했겠지만, 보잉에 도착하면 어딘가 더 나은 곳으로 갈 수 있을 것 같은 낯선 생각이 들었던 것이다.

발걸음을 서두르던 우리는 알폰소와 마주쳤다. 모자로 얼굴을 가리고, 기타 케이스는 등에 멘 모습이었다. 거인이 내 등에서 내려오고, 가수가 한쪽 팔을 잡으며 그를 부축했다. 아직 아무도 말이 없었다. 나를 따르는 세 남자는 완전한 어둠 속의 보이지 않는 그림자처럼 말이 없었다.

내가 앞장서지 않았더라면 그들은 검정 코트를 감은 채 땅에 엎드려 있던 애나에 걸려 넘어졌을 것이다.

죽을 시간 없어요. 내가 그녀의 귀를 물며 말했다.

죽여 버릴 거야. 애나가 가쁜 숨을 내쉬며 말했다.

일어나요!

오늘 밤에 한 놈 목 졸라 죽여 버릴 거야.

비코 이야기는 하지 않았다. 그냥 애나를 일으켰다.

마침내 보잉에 도착했다. 네 사람 모두 엉덩이로 경사면을 타고 내려갔다. 마치 그렇게 합의라도 한 것처럼, 살아남으려는 본능으로. 그 아래 공기는 깨끗했고, 대단히 어두웠다. 구름이 달을 가렸다. 말락과 리베르토도 같은 생각이었는지 이미 거기에 자리를 잡고 있었다. 남작이 알려 준 헝겊 마스크를 아직도 벗지 않은 상태였다. 아무도 말이 없었다. 가스 때문에 숨을 아껴야 하기 때문은 아니었다. 그보다는, 모든 것을 잃어버렸을 때는 시간도 잠시 멈추기 때문이었다. 말을 하려면 시간이 필요했다.

내게도 시간이 멈췄다. 곧장 비카를 찾으러 가지 않고, 숨을 헐떡이며 거기 누워 있었던 것도 그 때문이었다. 그리고 다시, 우리 모두, 비카까지 포함해서, 어딘가 더 좋은 곳으로 갈 수 있을 것 같은 낯선 생각이 들었다.

거기 보잉 747 안에 누구 있어요? 위에서 대니의 목소리가 들렸다.

네. 말락이 말했다.

대니가 라이터를 켜고 아래로 내려왔다. 상태가 괜찮은 걸로 봐서 어떻게든 최루가스를 피할 수 있었던 모양이다.

이 이야기 들어 봤어요? 그가 물었다.

침묵.

아무도 못 들어 봤어요?

그가 다른 사람들 옆에 앉으며 말했다.

어떤 남자가 신호를 기다리고 있던 차에 다가가서 아주 다급한 목소리로 운전자에게 이렇게 말했대요. 당신 차에서 연기(smoke)가 나요! 그런데 운전자 대답이, 정말요? 무슨 담배를 피나요? 라고 했다네.

집은 확인했어? 리베르토가 대니에게 물었다.

봤어요. 대니가 말했다.

그 말이 마지막이었다. 일곱 명의 사람이 보잉에 숨어서 땅바닥에 늘어진 채 기다렸다. 왜 그들이 기다린 건지 나는 모르겠다. 칠흑같이 어두웠다. 립헬 기중기는 절반 정도 임무를 마친 상황이었다. 곧 전경들이 수색에 나설 참이었다. 사람들을 싣고 가 흩어 놓을 버스도 기다리고 있었다. 눈이 타는 듯이 쓰렸다. 사람들은 어디로 가야 할지 몰랐기 때문에 기다렸다. 이제 숨 쉬기는 좀 나았다. 다음 숨을 걱정하지 않아도 되었다. 다음 숨까지 쉬고 나서 어디로 가야 할지는 몰랐다. 그래서 그들은 기다렸다.

서로 아는 사이였고, 보잉 안에서는 혼자인 것보다 그렇게 함께 있는 편이 나았다. 어디로 가야 할지는 몰랐다. 애나가 큰 소리를 내며 침을 뱉었다. 요아킴은 기침을 시작했다. 대니는 몸을 떨었다. 이가 딱딱 부딪치는 소리가 들렸다. 말락이 두르고 있던 숄을 덮어 주었다. 솔은 무슨 말을 할 것처럼 헛기침만 몇 차례 했다. 요아킴의 기침이, 마치 개 짖는 소리처럼 점점 마른 기침으로 변해 갔다. 그 소리에 내가 짖었다.

그 짖음은 병을 깨고 나오는 목소리, '내가 여기 있다!'라고 말하는 목소리다. 병은 침묵이다. 침묵이 깨지고 짖음으로 선포한다. 내가 여기 있다!

요아킴의 기침이 다시 짖는 소리가 되었다. 알폰소도 짖었다. 다른 이의 짖는 소리가 귀를 찌르고, 혀를 누르고, 마치 응답하듯 입을 벌려 다시 짖는다. 내가 여기 있다! 솔이 좀 전에 삼킨 악마의 가스를 뱉어내며 짖었다. 말락은 손가락의 반지를 비틀며 짖었다. 그들은 어디로 가야 할지 몰랐다. 그들도 나와 마찬가지였다. 리베르토가 짖었다. 그들도 나와 마찬가지였다.

잠시 후 자신이 짖고 있다는 것도 잊고, 그제서야 다른 사람들의 소리가 들린다. 합창처럼 들리는 짖는 소리. 그 누구도 변하지 않았고, 제각각 또렷하게 들리지만, 너무나 또렷해서 가슴을 찢는 소리. 그 짖음은 이제 무언가 달라졌다고 말한다. 이렇게, 우리가 여기 있어!라고. '**우리 여기 있어!**'라는 그 말이 거의 죽어 있던 기억을 깨우고, 그 기억이 밤 바람에 다시 불꽃을 피우는 재처럼 살아나고, 함께 있었던 기억, 두려움, 숲, 음식에 대한 기억도 되살아난다.

그들이 거기 누워 짖고, 그 짖음에서 나는 그들의 이름을 듣는다. 사냥개 대니, 요아킴, 솔, 말락, 애나, 알폰소, 스피츠 리베르토. 보잉의 먼지 더미 속에 웅크리고 앉은 그들은 가진 게 아무것도 없다. 내가 가진 게 아무것도 없듯이. 우리는 모두 똑같았고, 모두 짖고 있었다.

처음이었기 때문에 내가 그들을 이끌고 길을 나서는 게 좋을 것 같았다. 보이지 않는 구름 장막 뒤로 달이 숨어 버려 밤은 암흑이었다. 사람들은 함께 움직이고 싶어 나를 따를 것이다. 서로 몸을 스치고, 코를 옆구리에 대고, 귓전에 스치는 다른 이의 꼬리를 느끼며, 어둠 속 먼지만을 뒤에 남긴 채, 그들은 따를 것이다.

한데 뒤엉켜 보잉에서 나왔다. 나는 잭과 비카를 찾기 위해 옷깃쪽으로 방향을 잡았다. 우리가 도착하기 훨씬 전부터 둘은 우리가 부르는 소리를 들었던 게 분명했다. 채비를 마친 두 사람은 타이어 더미 옆에서 우리를 기다리고 있었다.

비카, 덩치 큰 솔로(xolo, 멕시코의 개 품종─옮긴이). 버섯처럼 매끈한 코와 팽팽한 눈꺼풀을 지닌, 시에라 마드레에서 온 어여쁜 우리 개. 이리 와 내 옆에서 달려요. 아즈텍 사람들이 죽으면 그들을 사후세계로 이끌었던 것도 바로 내 사랑 솔로였다고 하니.

이른 새벽, 도시 근교를 무리 지어 달리며 짖는 길거리 개들의 존재는 불편하다. 자동소총 한 방이면 무리를 흐트러뜨리고 고통에 가득찬 울부짖음을 잠재우기에 충분했을 것이다. 하지만 아주 오래전 어디선가 본 듯한 그 광경에 압도된 전경은 자신에게 자동소총이 있다는 사실도 잊어버리고 만다.

전경이 정신을 차리고 어깨에 메고 있던 자동소총을 내렸을 때에는 이미 코리나와 비코도 합류해 무리 전체가 동쪽으로 방향을 바꾼 후였다. 전경은 아무도, 아무것도 없는 어둠을 향해 총을 쏘아

댈 뿐이었다.

비코, 몸집이 작은 사슴 사냥개.

코리나, 갈퀴의 살처럼 깡마른, 도무지 먹지를 않는 코리나. 헤로인에 취해 있던 젊은 시절부터 아무것도 먹지 않은 코리나. 코가 아주 길고, 달릴 때면 그 코끝이 살짝 말려 올라 가며, 침을 흘리는 게 아니라 미소를 짓는 것처럼 보이는 살루키, 코리나.

잭, 그레이트 데인.

나는 바다로 이어지는 지름길로 그들을 이끌었다. 우리는 천천히 달렸다. 위험에서 벗어났다. 함께 내딛는 앞발의 리듬이 피로를 덜어 주었다. 스스로 만들어낸 음악에 맞춰 나이 든 개들도 밤새 춤출 수 있을 것 같았다.

서로 다른 크기의 발들, 섬세하게 움직이는 정강이뼈, 황무지를 차례차례 뒤로 밀어내는 팔꿈치. 한 걸음씩 달릴 때마다 허공을 향한 도약은 조금씩 더 확신에 차고, 땅을 딛는 주기는 점점 짧아지며, 공기는 그들을 실어 나르는 음악이 된 것 같다. 어두운 하늘이 땅 위의 온갖 돌과 볼을 맞대고, 어둠이 옆구리와 엉덩이를 쓰다듬으면, 무리는 고통스러웠던 기억을 잊어버리고 오직 각자의 분노와 욕망이 내는 소리에만 귀를 기울였다.

땀에서 소금기를 날려 버리기 위해 모두 혀를 내밀고 있었다.

강가에, 모든 것이 바다를 향해 기울어지기 시작하는 잡초가 가득한 다리 앞에 다다를 때까지는 이 모든 상황을 믿었다. 다리가 있는 둔덕에 이르러서야 나는 처음으로 돌아보았고, 뒤에 아무도 없다는 걸 알았다. 보잉에서부터 혼자 달려왔던 것이다.

리베르토, 말락, 잭, 코리나, 대니, 애나, 요아킴, 솔, 알폰소, 비카, 그리고 사슴 사냥꾼 비코. 그들은 모두 코트의 아직 남은 부분, 자신들의 거처에 있다.

말의 이중성. 아니, 다시 말해야겠다. 모든 세번째 말은 적어도 가슴에서 나온다.

언덕 위 산타 마리아 교회의 성수반(聖水盤) 옆, 대리석 바닥에 적힌 글에서 보았다.

성수를 담은 자기(瓷器) 성수반
그 자기 그릇 위에
팔을 활짝 벌리고 선
자기 그리스도상
손가락만 한 크기에
조각가가 붓질 한 번으로 칠한 파란색
옆구리를 따라
길게 늘어진 그리스도의 옷
피처럼 짙고
기도처럼 파란

강 건너편의 풀밭 위에 누워 있다. 얼마나 늦은 시간인지 모르겠다.

비카, 사랑스러운 당신도, 기도처럼 파랬지.

안길 품 안이 없다.

감사의 말

이 소설을 쓴 존 버거는 이분들이 준 도움과 격려, 그리고 믿음에 감사를 전합니다. 알린, 안데르스, 앙드레, 앤, 베벌리, 보보, 에리카, 제프, 기슬레인, 잔니, 조반니, 한스, 에르베, 야나, 제인, 장-자크, 후안, 카티야, 라티페, 릴로, 마르크, 마리아, 마리아, 마리사, 마틴, 마이클, 미켈, 넬라, 니코스, 필라르, 리카르도, 로버트, 로널드, 로스티아, 산드라, 사이먼, 팀, 위텍, 이브, 이본.

숨기고 싶은 실수를 인정하는, 희망

"나는 그냥, 킹, 처음에 어땠는지, 그리고 집이라는 게 얼마나 축복인지 말해 주고 싶었던 거야. 그것뿐이야."—본문 156페이지

『킹(King)』(1999)의 배경은 유럽의 어느 도시 근교로, 한때 쓰레기 처리장으로 쓰이다가 지금은 버려진 생 발레리 구역에서 지내는 노숙인들의 삶을 그린 작품이다.〔앤디 메리필드(Andy Merrifield)가 쓴 『존 버거(John Berger)』에 따르면 저자는 스페인 알리칸테 지방의 노숙인 거주 지역을 본 후에 이 소설을 썼다고 한다.〕생 발레리는 M.1000이라는 (고속)도로 옆에 위치하고 있는데 자동차를 타고 그 도로를 지나는 일반 시민들은 '불가피한 상황이 아니면' 굳이 그곳에서 멈추지 않는다. 그곳이 위험해서가 아니라, 사람들의 기억에서 잊혔기 때문이다. 아무도 그 존재를 의식하지 못하고 있는 노숙인들의 집합지. 소설의 화자는 킹(King)이라는 이름의 개로, 존 버거는 이 개의 눈을 통해 각자의 사연을 가슴에 묻은 채 생 발레리에 들어온 열 명 남짓한 인물들의 하루를

시간의 흐름에 따라 그려내고 있다.

대부분 그 존재를 잊고 있는 노숙인들의 하루를 묘사하는 존 버거의 문장은 너무나 서정적이다. 그 불일치, 말하자면 가장 비정한 현실과 그 현실을 묘사한 가장 서정적인 문장의 낯선 조합이 가지고 온 효과는 가히 놀랍다. 아름다운 문장에 취하고, 그 서정적 문장이 어울리지 않아 보이는 냉혹한 현실에 가슴 아파하는 사이, 어느새 독자는, 잊고 지냈지만 여전히 현실의 한 모퉁이를 차지하고 있는 이들의 삶을 알아보게 된다. 그리고 그 알아봄은 우리에게 잊힌, 그래서 우리와 상관이 없는 것으로 알고 있던 '어떤 이들'의 삶이 사실은 우리가 몸담고 있는 체제의 '실수'라는 깨달음으로 이어진다.

"실수는, 킹, 적보다 더 미움을 받는 거야. 실수는 적처럼 굴복하지 않으니까. 실수를 물리치는 일 같은 건 없는 거야. 실수는 있거나 없거나 둘 중 하나인데, 만약에 있다면 덮어야만 하지. 우리는 저들의 실수야, 킹. 그걸 잊으면 안 돼."—본문 190-191페이지

'실수를 물리치는 일' 같은 건 없다. 그래서 체제는 그저 덮어 두고, 사람들에게 보이지 않으려 한다. M.1000 도로를 지나는 차들이 '불가피한 상황이 아니면' 생 발레리에 멈추지 않는 것은, '실수를 덮으려는' 체제의 노력이 성공을 거두고 있다는 증거일 것이다. 존 버거는 그런 체제의 강압에 정면으로 맞서, 가장 서정적인 문장으로 체제가 가장 숨기고 싶어 하는 부분을 상세하게 그려내고 있다. 왜일까? 그것은 '실수'를 인정하는 것이야말로 희망의 출발이기 때문이다. 이 책의 출간과 비슷한 시기에 이루어진, 사

진작가 세바스티앙 살가도(Sebastião Salgado)와의 대담에서 집필 당시의 존 버거의 생각을 짐작해 볼 수 있다.〔살가도의 사진집 『이주(Migration)』에 대한 대담으로, 이 사진집 역시 '세계화' 속에서 살던 곳을 떠나 떠도는, '집'을 잃어버린 사람들의 모습을 담고 있다.〕

 "당신의 작품을 보는 이는, 아주 낯선 방식으로, 당신이 제시한 통찰에서 '네'라는 긍정의 단어를 느낍니다. 당신이 스스로 본 것에 동의한다는 의미에서의 '네'가 아니라, 그저 그것이 존재하고 있다는 의미에서의 '네'입니다. 물론, 당신은 그 '네'가 사진을 보는 이들에게는 '안 돼'라는 말을 불러일으키기를 희망하겠죠. 하지만 그 '안 돼'는, '나는 이것과 함께 살아야만 한다'고 말한 후에 찾아오는 것입니다. 이런 세상과 함께 살아 간다는 것은, 무엇보다도 그것을 껴안는다는 것입니다. 이런 세상과 함께 산다는 것의 반대점에 무관심, 혹은 외면이 있는 것이지요.
 희망의 핵심은, 그것이 아주 어두운 곳에서 생겨나는 무엇이라는 점입니다. 어둠 속의 불꽃처럼 말이죠. 그것은 약속이 주는 확신과는 다른 것입니다."
 ─존 버거, 『사진의 이해(Understanding a Photograph)』중에서.

 살가도의 사진에 대한 존 버거의 설명은 그대로 소설 『킹』의 문장들에도 적용될 수 있을 것이다. 이 책을 읽는 동안 독자들은, 잊힌 존재들이 구체적인 사람으로 한 명 한 명 자신의 존재를 알리는 것을 목격한다. 이전에는 단순한 숫자나, 얼핏 중립적으로 들리기도 하고, 또 한편 이미 거리를 만들어내는 편견들에 오염된 단어—이를테면 '노숙인' 같은—로만 우리의 경험으로 들어왔었다. 그렇게 나의 바깥에 있던 존재들의 '외침'을 듣고, 그들이 내가 살고 있는 '체제의 실수'임을 인정하는 것, 그리하여 나의 삶이 그들의 삶과 이어져 있음을 깨닫는 경험이 희망의 출발이라는 이야기다. 잊고 있던 우리의 실수가 내는 (어쩌면 듣지 않고 살면 더 편안했을) 소리를 듣고, 그 존재를 '인정'하는 마음…. 물론 그렇게 인정만 한다고 해서 상황이 나아지지는 않는다. 그 다음은 행동이고, 어떤 행동을 할 것인지는 각자 결정할 일이다. 계속 외면하는 이들도 있을 것이고, 자신의 자리에서 할 수 있는 게 무엇인지 고민하고 아주 작으나마 실천을 하는 이들도 있을 것이다. 하지만 상황을 나아지게 하는 출발이 '인정'임은 분명해 보인다. 그만큼만의 희망에 의지해야 하는 지금의 상황이 우울한 것과는 별도로, 그것이 왜 '희망'인지를 이야기하는 이런 책이 있는 것은 분명 한없이 반가운 일임에 틀림없다.

2014년 5월
김현우

* 옮긴이는 이 책의 번역 인세 전액을 노숙인복지시설인 마리아마을(www.guhoso.com)에 기부합니다.

존 버거(John Berger, 1926-2017)는 미술비평가, 사진이론가, 소설가, 다큐멘터리 작가, 사회비평가로 널리 알려져 있다. 처음 미술평론으로 시작해 점차 관심과 활동 영역을 넓혀 예술과 인문, 사회 전반에 걸쳐 깊고 명쾌한 관점을 제시했다. 중년 이후 프랑스 동부의 알프스 산록에 위치한 시골 농촌 마을로 옮겨 가 살면서 생을 마감할 때까지 농사일과 글쓰기를 함께했다. 주요 저서로 『다른 방식으로 보기』 『제7의 인간』 『행운아』 『그리고 사진처럼 덧없는 우리들의 얼굴, 내 가슴』 『벤투의 스케치북』 『우리가 아는 모든 언어』 등이 있고, 소설로 『우리 시대의 화가』 『G』, 삼부작 '그들의 노동에' 『끈질긴 땅』 『한때 유로파에서』 『라일락과 깃발』, 『결혼식 가는 길』 『여기, 우리가 만나는 곳』 『A가 X에게』 등이 있다.

김현우(金玄佑)는 1974년생으로, 연세대학교 영어영문학과를 졸업하고 동대학원 비교문학과 석사과정을 수료했다. 역서로 『스티븐 킹 단편집』 『행운아』 『고딕의 영상시인 팀 버튼』 『G』 『로라, 시티』 『알링턴파크 여자들의 어느 완벽한 하루』 『A가 X에게』 『벤투의 스케치북』 『돈 혹은 한 남자의 자살 노트』 『브래드쇼 가족 변주곡』 『그레이트 하우스』 『우리의 낯선 시간들에 대한 진실』 『사진의 이해』 『우리가 아는 모든 언어』 『초상들』, 삼부작 '그들의 노동에' 『끈질긴 땅』 『한때 유로파에서』 『라일락과 깃발』 등이 있다.

킹
거리의 이야기

존 버거 소설 | 김현우 옮김

초판1쇄 발행 2014년 6월 20일 **초판3쇄 발행** 2023년 1월 20일
발행인 李起雄 **발행처** 悅話堂
경기도 파주시 광인사길 25 파주출판도시 전화 031-955-7000 팩스 031-955-7010
www.youlhwadang.co.kr yhdp@youlhwadang.co.kr
등록번호 제10-74호 **등록일자** 1971년 7월 2일
편집 이수정 박미 **디자인** 공미경 **인쇄 제책** (주)상지사피앤비

ISBN 978-89-301-0465-4 03840

Korean edition is published by arrangement with John Berger Estate and Yves Berger
through Agencia Literaria Carmen Balcells, Barcelona, and Duran Kim Agency, Seoul.